FANTASY

STIMMEN ZU DIESEM BUCH

»Viel herrliche Länder hab ich bereist und Staaten gesehn voll edlem Geist; so manche Insel hab ich umrundet, wo die Barden Apollo einst Treue bekundet. Oft hört ich von einem mächt'gen Reich, sein Gebieter Homer schildert's göttergleich. Doch erst im Geflunker von Boggie-Gefahr ward dessen reine Heiterkeit offenbar!«
JOHN KEATS, *Manchester Nightingale*

»Dieses Buch . . . zitternde Erregung . . . manichäisches Schuldgefühl . . . existentiell . . . pleonastisch . . . Redundanz . . .«
ORLANDO DI BISCUIT, *Hobnob*

»Eine etwas liberalere Auslegung der Zurückhaltungsgebote würde bewirken, daß Bücher wie dieses nicht auf dem Regal bleiben. Ich weiß nicht, wie es Ihnen ergehen wird, aber mein Exemplar drängt auf lange Spaziergänge zur Abendbrotzeit, bellt den Mond an und hat zu Hause jedes Sofakissen ruiniert.«
WILMOT PROVISO, *The Rocky Mountain Literary Round-Up*

»Eins der zwei oder drei Bücher . . .«
FRANK O'PRUSSIA, *Dublin Gazette*

»Wirklich eine Geschichte für unsere Zeit . . . da wir über dem Rand unseres eigenen Ringes hängen, bedroht von Drachen und anderen bösen Wesen, und wie Frito und Gutgolf gegen einen grausamen Feind kämpfen, der vor fast nichts zurückschrecken wird, um seinen Willen durchzusetzen.«
ANN ALAGGI, *The Old Flag*

»Außerordentlich interessant unter fast jedem Gesichtspunkt.«
PROFESSOR HAWLEY SMOOT, *Our Loosely Enforced Libel Laws*

FANTASY-ROMAN

DSCHEY AR TOLLKÜHN
DER HERR
DER AUGENRINGE

DIE PARODIE VON H. N. BEARD
UND D. C. KENNEY

BORED OF THE RINGS

Deutsche
Erstveröffentlichung

Wilhelm Goldmann Verlag

Aus dem Amerikanischen übertragen von
Margaret Carroux

Made in Germany · 6. Auflage · Mai 1985

Published by arrangement with
The New American Library, Inc., New York, NY.

Umschlagentwurf: Atelier Adolf & Angelika Bachmann, München
Umschlagillustration: Klaus Holitzka, Mossautal
Satz: Mohndruck Graphische Betriebe GmbH, Gütersloh
Druck: Elsnerdruck GmbH, Berlin
Verlagsnummer: 23835
Lektorat: Peter Wilfert · Herstellung: Peter Papenbrok
ISBN 3-442-23835-8

INHALT

ANMACHERTEXT

»Gefällt dir das, was du siehst?« fragte die üppige Elbenmaid und schlug provozierend die Falten ihres Gewandes auf, um die darin verborgenen rundlichen, verschatteten Herrlichkeiten zu enthüllen. Fritos Kehle war trocken, obwohl ihm vor Begehren und Bier schwindlig war.

Sie streifte das hauchdünne Gewand ab und ging, ohne sich ihrer Nacktheit zu schämen, auf den faszinierten Boggie zu. Mit einer untadeligen Hand strich sie über seine Füße, und hilflos sah er mit an, wie sich seine haarigen Zehen krümmten, weil er die Maid so heftig und anhaltend begehrte.

»Laß mich es dir behaglicher machen«, flüsterte sie heiser, während sie sich an den Schnallen seines Lederwamses zu schaffen machte und lachend sein Schwertgehenk löste. »Fühle mich«, girrte sie. »Oh, *fühle mich.*«

Als hätte Fritos Hand einen eigenen Willen, streichelte sie die zarte Wölbung der Elbenbrust, während die andere langsam die schmale, makellose Taille umfaßte und die Maid an seinen kräftigen Brustkasten preßte.

»Zehen«, stöhnte sie, »ich *liebe* haarige Zehen«, und zog ihn gewaltsam hinunter auf den silberfarbenen Teppich. Ihre winzigen rosa Zehen streichelten den üppigen Pelz auf seinem Spann, und Fritos Nase erkundete derweil die Wärme ihres köstlichen Elbennabels.

»Aber ich bin so klein und haarig, und ... und du bist so *schön*«, wimmerte Frito und schlüpfte unbeholfen aus seinen störenden Sockenhaltern.

Die Elbenmaid antwortete nicht, sondern seufzte nur kehlig und drückte ihn noch fester an ihren faunähnlichen Körper. »Doch etwas mußt du zuerst für mich tun«, flüsterte sie in ein büscheliges Ohr.

»Alles, was auch immer«, schluchzte Frito, den sein Bedürfnis übermannte. »Alles!«

Sie schloß die Augen und blickte dann zur Decke hinauf. »Der Ring«, sagte sie. »Ich muß deinen Ring haben.«

Fritos ganzer Körper verkrampfte sich. »O nein«, rief er, »das nicht! Alles, aber das nicht.«

»Ich muß ihn haben«, sagte sie, zugleich zärtlich und heftig. »Ich muß den *Ring* haben.«

Fritos Augen waren von Tränen und Verwirrung verschleiert. »Das kann ich nicht«, sagte er, »das darf ich nicht!«

Aber er wußte, daß seine Entschlossenheit wankend wurde. Langsam schob sich die Hand der Elbenmaid zu der Kette in seiner Jackentasche hin, immer näher kam sie dem Ring, den Frito so getreulich behütet hatte . . .

Der kleine X-förmige Wald
Land des Schrecklichen Gestanks
GROSSER DICKFLUSS
Die sagenhaften Drillinge
Land der Riesenschweine
Rippenrost
Gepunktete Linie
Lümbar
Gallwein-Fluß
Boggingen
Cantinflas
interessante Einzel-punkte
Bucht von Mühlhausen
Skala 96 257 294 4142 4173 6733 0
Kubikmeter
ROI-TAN
Langerhans'sche Inseln
Niedermittelerde
Abschaumhafen
LORNADON
Blundom
Die unterbrochenen Berge

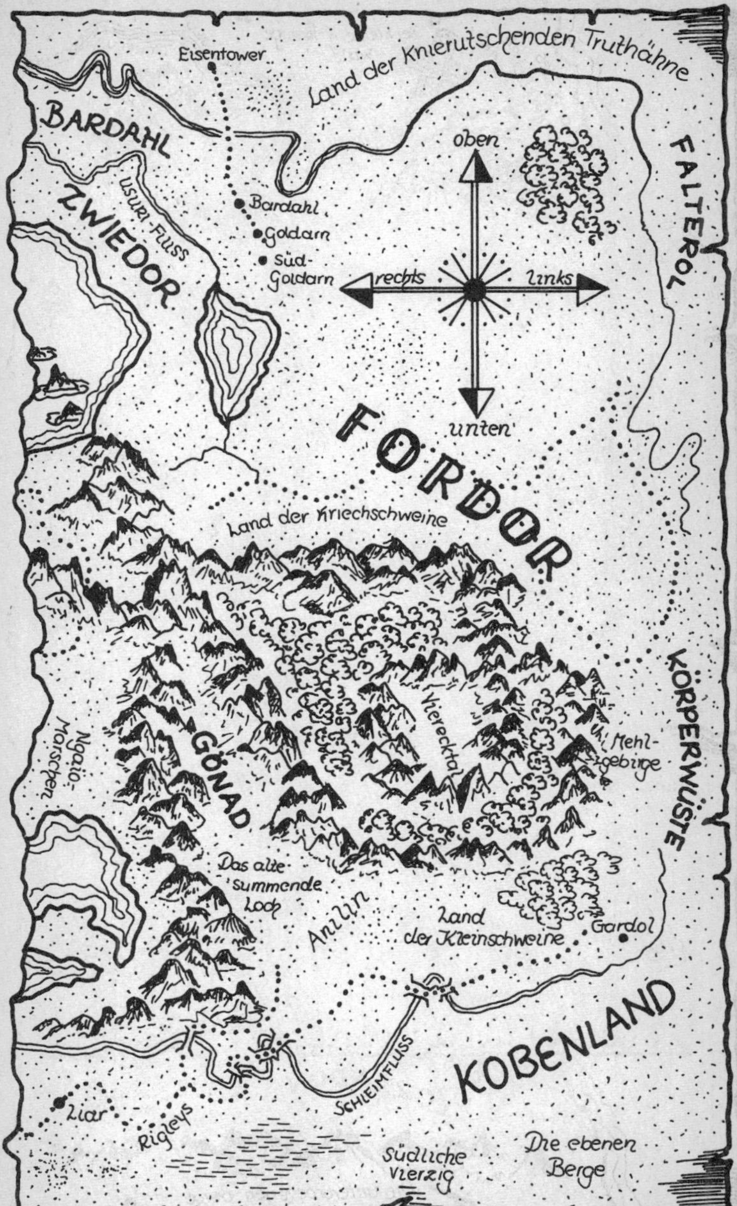

Eisentower
Land der Knierutschenden Truthähne
BARDAHL
ZWIEDOR
Usuri-Fluss
Bardahl
Goldarn
Süd-Goldarn
oben
rechts
Links
unten
FALTEROL
FORDOR
Land der Kriechschweine
Viereckta
GÖNAD
Ngaio-Marschen
Mehl-gebirge
KÖRPERWÜSTE
Das alte summende Loch
Anllin
Land der Kreinschweine
Gardol
KOBENLAND
SCHLEIMFLUSS
Liar
Rigleys
Südliche Vierzig
Die ebenen Berge

VORWORT

Zwar können wir, wenn wir ehrlich sind, nicht wie Prof. T. behaupten, »diese Erzählung wuchs und wuchs, während ich sie erzählte«, doch können wir zugeben, daß die Erzählung (oder vielmehr die Notwendigkeit, sie für einen Apfel und ein Ei zu verhökern) direkt proportional zum bedrohlichen Schrumpfen unserer Bankkonten wuchs. Der Turgorschwund unseres bereits mageren Portefeuilles war an sich kein Grund, Alarm zu schlagen (oder uns »zu den Waffen zu rufen«, wie sich Prof. T. zutreffend hätte ausdrücken können), aber die daraus resultierenden Drohungen und die Ohrfeigen, die uns die Gläubiger verpaßten, waren ein Grund. Wir dachten lange darüber nach und zogen uns in das Lesezimmer unseres Klubs zurück, um über diese mißliche Entwicklung zu meditieren.

Im nächsten Herbst hockten wir immer noch auf unseren Ledersesseln, wundgesessen und beträchtlich abgemagert, aber immer noch ohne einen Hundekuchen für die Wolfsmeute, die an der Vordertür herumlungerte. Just in diesem Augenblick kamen unsere zitterigen Hände auf einem durch viele Eselsohren verunzierten Exemplar der neunzehnten Auflage von *Der Herr der Ringe* des liebenswürdigen alten Prof. Tolkien zur Ruhe. Dollarzeichen tauchten vor unseren treuherzigen Augen auf, und rasch stellten wir fest, daß sich das Buch immer noch wer weiß wie verkaufte. Bis an die Backenzähne bewaffnet mit Wörterbüchern und Kompendien internationaler Verunglimpfungsgesetze, schlossen wir uns auf dem *Lampoon*-Squash-Platz mit soviel Fritos-Chips und Dr.-Pepper-Limonade ein, daß einem ausgewachsenen Pferd davon schlecht werden konnte. (Zuletzt mußte bei der Erzeugung dieses Machwerks tatsächlich ein kleines Pferd auf der Strecke bleiben, aber das ist nun wirklich eine ganz andere Geschichte.)

Im Frühjahr hatten wir kariös gewordene Zähne und vor uns mehrere Pfund DIN-A3-Bögen, bedeckt mit unleserlichem Tintengekritzel. Bei einem raschen Durchlesen erwies sich das Manuskript als eine erstaunlich brillante Satire auf Tolkiens linguistische und mythische Konstruktionen mit kleinen Karikaturen seiner Verwendung altnordischer Geschichten und mit boshaften Reibelautverschiebungen. Eine oberflächliche Abschätzung der Absatzchancen überzeugte uns indes, daß das Ding vom geldlichen Standpunkt aus besser zum Feueranmachen im Kamin der Bibliothek verwendet werden sollte. Obwohl wir am nächsten Tag durch einen fast tödlichen Kater behindert waren und unser gesamtes Körperhaar eingebüßt hatten (aber auch das ist eine andere Geschichte), setzten wir uns an zwei vorverdichtete 345-PS-Smith-Coronas mit Einspritzmotor und hauten das Opus, das zu lesen Sie sich anschicken, bis zum Mittagessen herunter. (Und hierzulande nehmen wir das Mittagessen verdammt früh ein!) Das Ergebnis war, wie Sie selbst sehen werden, ein Buch, das so lesbar ist wie das minoische Linear-A und von etwa demselben literarischen Wert wie die mit dem Autogramm eines Säulenheiligen versehene Reklamebeilage in einer Zeitschrift.

»Was irgendwelche tiefere Bedeutung oder ›Botschaft‹ betrifft«, wie Professor Tolkien in *seinem* Vorwort sagte, so gibt es hier keine, abgesehen von der, die Sie selbst hineinlesen. (Fingerzeig: Was, hat P. T. Barnum gesagt, wird »jede Minute geboren«?) In diesem Buch wird der Leser, wie wir hoffen, tiefere Einblicke nicht nur in das Wesen des literarischen Diebstahls, sondern auch in seinen eigenen Charakter gewinnen. (Fingerzeig: Was fehlt bei diesem berühmten Zitat? »Ein ... und sein ... sind bald ...« Sie haben drei Minuten Zeit. Achtung – fertig – los!)

Der Herr der Augenringe ist in dieser Form als Parodie veröffentlicht worden. Das ist sehr wichtig. Eine Parodie ist ein Versuch, andere Bücher zu verspotten, nicht einfach fälschlich für sie gehalten zu werden. Daher müssen wir Ihnen nachdrücklich einschärfen: *Dieses Buch ist nicht das wahre!* Wenn Sie also drauf und dran sind, es zu kaufen, und glauben, es handele sich um *Der Herr der Ringe*, dann legen Sie es lieber wieder auf den großen Haufen von Remittenden, auf dem Sie es gefunden haben. O weh, Sie haben ja schon bis hierher gelesen, und das muß bedeuten, daß Sie es bereits *gekauft* haben – ach du liebes bißchen, du meine Güte ... (Laß die Ladenkasse noch mal klingeln, du Trottel. »*Tsching!*«)

Schließlich hoffen wir, daß diejenigen von Ihnen, die Prof. Tolkiens bemerkenswerte Trilogie gelesen haben, sich nicht gekränkt fühlen durch den kleinen Ulk, den wir uns damit machen. Spaß beiseite, wir rechnen es uns zur Ehre an, daß wir uns über ein imposantes, wirklich meisterhaftes, geniales und phantasievolles Werk lustig zu machen vermögen. Immerhin ist das die wichtigste Aufgabe, die ein Buch erfüllen kann: Vergnügen zu bereiten, in diesem Fall Vergnügen durch Gelächter. Machen Sie sich nicht zuviel Gedanken, wenn Sie über das, was Sie nun lesen werden, nicht lachen, denn wenn Sie Ihre kleinen rosa Ohren spitzen, werden Sie vielleicht aus weiter Ferne das silberne Glöckchen der Fröhlichkeit läuten hören ...

Das sind wir, Freundchen. *Tsching.*

PROLOG

ÜBER BOGGIES

Dieses Buch hat weitgehend mit Geldverdienen zu tun, und aus seinen Seiten kann ein Leser viel über den Charakter und die literarische Integrität der Verfasser erfahren. Über Boggies wird er indes so gut wie nichts herausfinden, denn jeder, der im Besitz auch nur der Hälfte seines gesunden Menschenverstandes ist, wird bereitwillig zugeben, daß derartige Geschöpfe allein in den Köpfen solcher Kinder existieren konnten, die ihre Kindheit in Weidenkörben verbringen und als Erwachsene Schmierenschauspieler, Hundefänger und Versicherungsvertreter werden. Nach den hohen Auflagen von Prof. Tolkiens interessanten Büchern zu urteilen, ist das immerhin eine ziemlich große Gruppe, die auf ihren Taschen Brandflecke der Art zur Schau trägt, wie sie nur durch Selbstentzündung dicker Bündel zerknüllter Geldscheine entstehen. Für solche Leser haben wir hier ein paar Rassenverunglimpfungen über Boggies zusammengestellt und sie ausgewählt, indem wir Prof. Tolkiens Bücher säuberlich auf dem Fußboden aufstapelten und sie unzählige Male in einer Reihe von Hopsern und kurzen Sprüngen durchgingen. Für diese Leser werden wir auch eine kurze Schilderung des Berichts – zur baldigen Veröffentlichung vorgesehen, sofern sich dieser dicke Hund verkaufen läßt – über Dildo Windbeutels frühere Abenteuer einbeziehen, des Berichts, den er *Reisen mit Gollum auf der Suche nach Niedermittelerde* nannte und den der Verleger klugerweise in *Tal der Trolle* umgetauft hat.

Die Boggies sind ein unansehnliches, aber lästiges Volk, dessen Zahl ziemlich überstürzt abnahm, seit die Preise auf dem Märchenmarkt ins Bodenlose gefallen sind. Boggies sind träge und mürrisch und noch dazu dumm, und sie bevorzugen ein einfaches Leben in ländlichem Schmutz. Kompliziertere Maschinen als eine Garrotte, einen Totschläger oder eine Luger-Pistole mögen sie nicht, und vor dem »Großen Volk« oder den »Dicken«, wie sie uns nennen, empfanden sie immer Scheu. In der Regel meiden sie uns jetzt, außer bei seltenen Gelegenheiten, wenn sich etwa hundert von ihnen zusammentun, um einen allein arbeitenden Bauern oder allein pirschenden Jäger abzumurksen. Sie sind klein, kleiner als Zwerge, und diese finden sie schwächlich, verschlagen und unverständlich und bezeichnen sie oft als die »Boggie-Gefahr«. Selten werden sie größer als drei Fuß, sind aber durchaus imstande, Geschöpfe zu überwältigen, die nur halb so groß sind, sofern sie ihre Waffen schneller ziehen. Was die Boggies aus dem Kobenland, mit denen wir uns hauptsächlich befassen, anlangt, so sehen sie außerordentlich schäbig aus mit ihren abgetragenen grauen Anzügen mit den schmalen Revers, ihren Tirolerhüten und den fummeligen Schlipsen. Sie tragen keine Schuhe und laufen auf einem Paar unempfindlicher, haariger Werkzeuge, die nur wegen der Stellung, die sie am Ende der Beine einnehmen, Füße genannt werden können. Ihre Gesichter sind von pickliger Bosheit, was auf eine tiefverwurzelte Neigung schließen läßt, obszöne Telefonanrufe zu machen, und wenn sie lächeln, wedeln sie mit ihren fußlangen Zungen auf eine Weise, die Komodowarane vor Ungläubigkeit würgen läßt. Sie haben lange, geschickte Finger von der Art, wie man sie sich normalerweise an Händen vorstellt, die sich lange um die Hälse kleiner Pelztiere legen und viel Zeit in den Taschen anderer Leute zubringen, und sie sind sehr brauchbar zur Herstellung kniffliger und nützlicher Dinge, etwa falsche Würfel und Minenfallen. Sie essen und trinken gern, spielen Messerwerfen mit dusseligen Vierfüßern und erzählen zweideutige Zwergenwitze. Sie geben langweilige Gesellschaften, machen billige Geschenke und erfreuen sich ebensoviel allgemeiner Achtung und Wertschätzung wie ein toter Otter.

Es liegt auf der Hand, daß Boggies mit uns verwandt sind und sich auf irgendeiner Stufe des Evolutionsablaufs befinden, der von Ratten über Vielfraße schließlich zu Italienern führt. Aber wie unsere Verwandtschaft genau ist, läßt sich nicht sagen. Der Ursprung der Boggies liegt weit zurück in der Guten Alten Zeit, als der Planet von interessanten Geschöpfen der Art bevölkert war, die man heutzutage nur noch sieht, wenn man einen Liter Jägerkleister getrunken hat. Allein die Elben haben noch Aufzeichnungen aus jener Zeit, und die meisten haben Elfengeschichten, lüsterne Bilder von nackten Trollen und schmutzige Berichte über »Ork«-Orgien zum Inhalt. Doch hatten die Boggies bestimmt schon lange vor Fritos und Dildos Tagen in Niedermittelerde gelebt, als sie mit einemmal wie eine sehr alte Salami, die plötzlich ihre Anwesenheit kundtut, die Pläne der Kleinen und Törichten störten.

Das alles spielte sich im Dritten oder Blechzeitalter von Niedermittelerde ab, und die Länder jenes Zeitalters sind längst im Meer versunken, während sich deren Bewohner unter Glasglokken in Ripley's Unglaublichem Raritätenkabinett befinden. Zu Fritos Zeit hatten die Boggies von ihrer ursprünglichen Heimat keine Kenntnis mehr, einerseits weil ihr Niveau des Lesens und Schreibens und der geistigen Entwicklung dem eines jungen Kugelfisches entsprach, und andererseits weil ihnen bei ihrem Hang zur Ahnenforschung der Gedanke nicht zusagte, daß ihre sorgfältig ausgeklügelten Stammbäume ungefähr so lockere Wurzeln hatten wie Birnams Wald. Dennoch lassen ihr starker Akzent und ihre Vorliebe für in Pomadenrahm gekochte Gerichte klar erkennen, daß sie irgendwann in ihrer Vergangenheit als Zwischendeckpassagiere in den Westen gekommen waren. Ihre Legenden und alten Lieder, die hauptsächlich von sexbesessenen Elben und brünstigen Drachen handeln, erwähnen beiläufig die Gegend um den Anilinfluß zwischen dem Sperrholzwald und den Pappmaché-Bergen. In den großen Bibliotheken von Zwiedor gibt es weitere Aufzeichnungen, die eine solche Annahme glaubhaft machen, alte Artikel aus der *Polizei-Gazette* und dergleichen mehr. Warum sie das gefährliche Wagnis zu unternehmen beschlossen, das Gebirge zu überqueren und nach Oleodor auszuwandern, ist ungewiß, obwohl wiederum in den Liedern von einem Schatten die Rede ist, der auf das Land fiel, so daß die Kartoffeln nicht mehr gediehen.

Schon vor der Überschreitung der Pappmaché-Berge hatten sich die Boggies in drei unterschiedliche Stämme aufgespalten: Klumpfüße, Staller und Hellhäuter. Die Klumpfüße, bei weitem die zahlreichsten, waren dunkelhäutig und untersetzt und hatten einen verschlagenen Blick; ihre Hände und Füße waren kräftig wie Brecheisen. Sie lebten vorzugsweise in bergigem Gelände, wo sie Hasen und kleine Ziegen abmurksen konnten, und ihren Lebensunterhalt erwarben sie damit, daß sie sich bei den ortsansässigen Zwergen als Torpedos verdingten. Die Staller waren größer und schmieriger als die Klumpfüße und lebten in den übelriechenden Landen an der Mündung und anderen Öffnungen des Anilinflusses, wo sie Kröpfe und Frambösie für den Flußhandel züchteten. Sie hatten langes, glänzendes, schwarzes Haar und liebten Messer. Die engsten Beziehungen unterhielten sie zu den Menschen, für die sie manchmal Morde erledigten. Am wenigsten zahlreich waren die Hellhäuter, die größer und schlanker waren als die anderen Boggies und in den Wäldern lebten, wo sie einen schwunghaften Handel mit Lederwaren, Sandalen und kunsthandwerklichen Erzeugnissen betrieben. Regelmäßig waren sie als Innenarchitekten für die Elben tätig, aber meistens verbrachten sie ihre Zeit damit, unheimliche Volkslieder zu singen und Eichhörnchen anzumachen.

Kaum hatten die Boggies das Gebirge überschritten, da ließen sie sich unverzüglich häuslich nieder. Sie kürzten ihre Namen ab, drängelten sich in alle ländlichen Sport- und Gesellschaftsklubs ein und ließen ihre alte Sprache und ihre Bräuche fallen wie eine scharfe Handgranate. Eine ungewöhnliche Wanderung von Menschen und Elben aus Oleodor zu jener Zeit ermöglicht die einigermaßen genaue Angabe des Datums, zu dem die Boggies auf der Bildfläche erschienen. In eben dem Jahr, dem eintausendsechshundertdreiundzwanzigsten des Dritten Zeitalters, führten die Halbhäuter-Brüder Brasso und Drano eine große Gefolgschaft von Boggies, als eine Bande umherziehender Grabräuber verkleidet, über den Gallweinfluß und entmachteten den hohen König in Rippenrost[1]. Als Gegenleistung für das ungern erteilte Einverständnis des Königs errichteten sie Zollhäuser an Straßen und Brücken, fingen seine Boten ab und schickten ihm Mahn- und Drohbriefe. Kurzum, sie hatten sich für die Dauer niedergelassen.

So begann die Geschichte des Kobenlandes, und eingedenk der Verjährungsgesetze führten die Boggies einen neuen Kalender ein, der ab der Überquerung des Gallweinflusses galt. Sie waren recht zufrieden mit ihrem neuen Land und verschwanden wiederum aus der Geschichte der Menschen, ein Geschehnis, das mit demselben allgemeinen Gefühl des Bedauerns begrüßt wurde wie der plötzliche Tod eines tollwütigen Hundes. Auf allen ADAC-Karten war das Kobenland mit großen roten Klecksen bezeichnet, und die einzigen Leute, die es je durchquerten, hatten sich entweder hoffnungslos verirrt oder waren ganz meschugge. Abgesehen von diesen seltenen Besuchern waren die Boggies bis zu Dildos und Fritos Zeit sich völlig selbst überlassen. Solange es noch einen König in Rippenrost gab, waren sie dem Namen nach seine Untertanen, und in die letzte Schlacht von Rippenrost mit dem Schlunzenherrn von Borax schickten sie einige Heckenschützen, obwohl unklar ist, auf wessen Seite sie sich schlugen. Dort endete das Nördliche Königreich, und die Boggies kehrten zu ihrem wohlgeordneten, einfachen Leben zurück, aßen und tranken, sangen und tanzten und stellten ungedeckte Schecks aus.

Dennoch hatten sich die Boggies bei dem bequemen Leben im Kobenland nicht grundlegend geändert, und sie waren immer noch so zählebig wie ein Kakerlak und so umgänglich wie eine in die Enge getriebene Ratte. Obwohl sie dazu neigten, nur wohlbedacht anzugreifen und bloß um des Geldes willen zu töten, waren sie nach wie vor Meister im Tiefschlag und im Zu-

[1] Entweder Argulieb IV. oder ein anderer.

sammenrotten. Als vortreffliche Schützen konnten sie mit Schießeisen aller Art gut umgehen, und jedes kleine, langsame und dumme Tier, das einer Schar Boggies den Rücken wandte, forderte sein Ende heraus.

Ursprünglich hatten alle Boggies in Höhlen gelebt, was kaum überraschend ist bei Geschöpfen, die mit Ratten auf du und du standen. Zu Dildos Zeit waren ihre Behausungen jedoch zumeist nach Art der Elben und Menschen überirdisch gebaut, indes erhielten sich viele Merkmale ihrer traditionellen Unterkünfte, und sie waren nicht zu unterscheiden von den Wohnstätten jener Spezies, deren Hauptfunktion darin besteht, sich etwa im August mit ihren Erzeugern im Gemäuer alter Häuser zu treffen. In der Regel waren die Häuser kloßförmig, aus Mulch, Schlick, Rasensoden und anderen jahreszeitlichen Ablagerungen erbaut und oft von ungebührlichen Tauben geweißt. Infolgedessen sahen die meisten Boggiestädte aus, als habe ein sehr großes und unbeherrschtes Wesen kürzlich in der Nähe an bedauerlichen Stuhlgängen gelitten.

Im gesamten Kobenland gab es zumindest ein Dutzend dieser seltsamen Siedlungen, die durch ein Netz von Straßen- und Postämtern verbunden waren und deren Verwaltung man für eine Kolonie von Venusmuscheln als überaus primitiv angesehen hätte. Das Kobenland selbst war in Viertel, Achtel und Sechzehntel unterteilt, die jeweils von einem Bürgermeister regiert wurden, der an jedem »Tag des Baumes« bei einer hektischen Urabstimmung gewählt wurde. Ihn unterstützte eine große Polizeitruppe, die sich indessen auf die Erpressung von Geständnissen, meistens von Eichhörnchen, beschränkte. Außer diesen wenigen Anzeichen von Recht und Ordnung machte sich die Regierung des Kobenlandes sonst nicht bemerkbar. Den weitaus größten Teil ihrer Zeit verbrachten die Boggies damit, Lebensmittel zu erzeugen und sie zu verzehren und Schnaps herzustellen und ihn zu trinken. In der übrigen Zeit erbrachen sie sich.

Wie in dem dieser Räuberpistole vorangegangenen Band, *Tal der Trolle*, berichtet, machte sich Dildo Windbeutel eines Tages mit einer Bande irrer Zwerge und einem unglaubwürdigen Rosenkreuzer mit Namen Gutgolf auf, einen Drachen um seine gehorteten kurzfristigen Kommunalanleihen und Wandelschuldverschreibungen zu erleichtern. Das Unterfangen war erfolgreich, und der Drache, ein Vorkriegs-Basilisk, der wie ein Bus stank, wurde von hinten angegriffen, als er gerade Kupons abschnitt. Und obwohl auf dieser Fahrt viele sinnlose und ärgerliche Taten vollbracht wurden, würde sie uns, wenn das überhaupt möglich wäre, erheblich weniger interessieren, hätte Dildo nicht nebenbei einen kleinen Diebstahl begangen, um in Übung zu bleiben. Im Mehlgebirge wurden die Fahrtgenossen von einer Rotte fahndender Narks überfallen, und als Dildo sich eilte, den kämpfenden Zwergen zu Hilfe zu kommen, verlor er irgendwie den Richtungssinn und landete in einer ganz abgelegenen Höhle. Er befand sich an der Mündung eines Stollens, und da widerfuhr ihm ein vorübergehendes Wiederauftreten eines alten Innenohrproblems, und er stürzte durch den Stollen, um, wie er glaubte, seine Freunde zu retten.

Nachdem er einige Zeit gerannt war und nichts als weitere Stollen gefunden hatte und allmählich den Eindruck gewann, er sei wohl irgendwo falsch abgebogen, endete der Gang plötzlich in einer großen Höhle.

Als Dildos Augen sich an das fahle Licht gewöhnt hatten, erkannte er, daß die Grotte fast ganz von einem breiten, nierenförmigen See ausgefüllt war, auf dem ein widerlich aussehender Clown mit Namen Lumgol geräuschvoll auf einem alten Gummi-Walroß herumpaddelte. Er lebte von rohen Fischen und gelegentlichen Sonderrationen, die in Gestalt von verirrten Reisenden aus der Außenwelt kamen, und er begrüßte Dildos unerwartetes Erscheinen in seiner unterirdischen Sauna etwa so, wie er die plötzliche Ankunft eines Lastwagens voller Riesenhofhähnchen begrüßte hätte. Aber wie jeder, der Boggie-Blut in den Adern hat, zog Lumgol es vor, Geschöpfe, die größer als fünf Zoll waren und mehr als zehn Pfund wogen, hinterrücks anzugreifen, und deshalb forderte er Dildo zu einem Rätselspiel auf, um Zeit zu gewinnen. Dildo, der hinsichtlich der Tatsache, daß draußen vor der Höhle die Zwerge derweil zu Brei geschlagen wurden, von einem jähen Gedächtnisschwund befallen war, nahm die Herausforderung an.

Sie gaben sich gegenseitig unzählige Rätsel auf, zum Beispiel, wer Cisco Kid gespielt habe und was Krypton sei. Zu guter Letzt gewann Dildo das Spiel. Ihm war nämlich kein Rätsel mehr eingefallen, und so rief er, als seine Hand auf seine stupsnasige 38er fiel: »Was habe ich in meiner Tasche?« Das konnte Lumgol nicht beantworten, und da ihm die Geduld ausging, paddelte er zu Dildo hinüber und bettelte winselnd: »Laß es mich sehen, laß es mich sehen.« Dildo tat ihm den Gefallen, zog die Pistole und entleerte das Magazin in Lumgols Richtung. Die Dunkelheit minderte seine Zielsicherheit, und er vermochte nur das Gummifloß zu treffen, aus dem die Luft entwich, so daß Lumgol zu zappeln begann. Da er nicht schwimmen konnte, streckte er Dildo die Hand hin und bat, er möge ihn herausziehen. Als Dildo das tat, bemerkte er einen interessant aussehenden Ring an Lumgols Finger und zog ihn ab. Er hätte Lumgol auf der Stelle kaltgemacht, aber Mitleid überkam ihn. *Leider habe ich keine Kugeln mehr,* dachte er, als er durch den Stollen wieder nach oben ging, verfolgt von Lumgols wütendem Geschrei.

Nun ist es sonderbar, daß Dildo diese Geschichte nie erzählte, sondern behauptete, er habe den Ring einem Schwein aus der Nase oder aus einem Kaugummiautomaten gezogen – welches von beiden wußte er nicht mehr. Gutgolf, von Natur mißtrauisch, vermochte schließlich mit Hilfe eines seiner Geheimtränke[1] die Wahrheit aus dem Boggie herauszuholen, aber es beunruhigte ihn erheblich, daß Dildo, der ein ständiger und zwanghafter Lügner war, sich nicht von vornherein eine eindrucksvollere

[1] Wahrscheinlich Natrium-Penthotal.

Geschichte ausgedacht hatte. Damals, etwa fünfzig Jahre, ehe unsere Erzählung beginnt, vermutete Gutgolf zum ersten Mal die Bedeutung des Ringes. Wie üblich war er absolut auf dem Holzweg.

ERSTES KAPITEL

ES IST MEIN FEST UND MEINE SACHE, WEM ICH AUF DIE ZEHEN TRETE

Als Herr Dildo Windbeutel von Beutelsend ungern seine Absicht bekanntgab, alle Boggies aus seinem Teil des Kobenlandes kostenlos zu verköstigen, war der Widerhall in Boggingen groß – in dem ganzen dreckigen kleinen Kaff hörte man schrilles Geschrei: »Prima!« und »Fabelhaft, mampfen!« Einigen Empfängern der Einladungen lief vor Erwartung schon das Wasser im Mund zusammen, und sie verschlangen ihre kleinen gravierten Pergamentrollen, vorübergehend um den Verstand gebracht durch rasende Gefräßigkeit. Nach der anfänglichen Hysterie nahmen die Boggies ihre tägliche Routine wieder auf und verfielen, wie es ihre Gewohnheit war, in ein Koma.

Dennoch verbreiteten sich in den schäbigen Schuppen wie ein Lauffeuer Gerüchte über kürzliche Lieferungen von ganzen verstörten Ochsen, großen Fässern mit schaumiger Seifenlauge, Feuerwerkskörpern, tonnenweise Kartoffelkraut und Riesen-Oxhoftfässern voll Schweinsköpfen. Auch mächtige Ballen von frisch geschnittenen Brennesseln, ein beliebtes und bemerkenswert wirksames Brechmittel, wurden in die Stadt gekarrt. Die Nachricht von dem Fest drang sogar bis zum Gallweinfluß, und die Bewohner der Kobenlanddörfer begannen in die Stadt zu strömen wie Parasiten, alle erpicht auf eine Schnorrerorgie, bei der eine Lamprete wie ein Drückeberger aussehen würde.

Niemand im Kobenland hatte eine grundlosere Kehle als jener senile Faselhans, der alte Haf Gangrän. Jahre hindurch war er der getreue Stadtbüttel gewesen, hatte sich aber schon längst mit den Gewinnen aus seinem einträglichen Erpressungsgeschäft zur Ruhe gesetzt.

Heute abend schwadronierte Großmaul, wie er genannt wurde, im *Beutel-Blick*, einer schäbigen Kneipe, die Bürgermeister Grapschbock schon mehrmals hatte schließen lassen wegen des fragwürdigen Verhaltens der drallen Boggie-Animierdamen, die, wie es hieß, imstande waren, einen besoffenen Troll auszurauben, ehe man »Rumpelstilzchen« sagen konnte. Die übliche Gesellschaft schwachsinniger Lümmel saß da rum, unter ihnen auch Großmauls Sohn Spam Gangrän, der gerade die Aussetzung der wegen widernatürlicher Unzucht mit einem minderjährigen Drachen weiblichen Geschlechts gegen ihn verhängten Haftstrafe feierte.

»Die ganze Sache kommt mir sehr komisch vor«, sagte Großmaul und inhalierte den scharfen Rauch aus seiner Tonpfeife. »Ich meine die Art, wie Herr Windbeutel diese große Lustbarkeit aufzieht, nachdem er jahrelang seinen Nachbarn nicht mal ein Stück schimmeligen Käse gegönnt hat.« Die Zuhörer nickten schweigend, denn das ließ sich nicht leugnen. Schon vor Dildos »seltsamem Verschwinden« hatte er seine Höhle am Beutelsend von grimmigen Vielfraßen bewachen lassen, und niemand konnte sich erinnern, daß er je auch nur einen Pfennig für Boggingens Alljährliche Mithril-Sammlung für Heimatlose Banshees gespendet hatte. Die Tatsache, daß es auch sonst keiner tat, rechtfertigte Dildos bekannte Knickerigkeit keineswegs. Er blieb für sich, unterstützte nur seinen Neffen und frönte seiner Leidenschaft für unflätiges Scrabble.

»Und sein Junge, dieser Frito«, fügte der triefäugige Nat Klumpfuß hinzu, »der ist verrückt wie'n Buntspecht.« Das wurde nicht nur vom Alten Pup aus Hinterwasser bestätigt. Denn wer hatte nicht den jungen Frito ziellos durch die krummen Straßen von Boggingen wandern sehen, kleine Büschel von Blumen in der Hand, wobei er was von »Wahrheit und Schönheit« murmelte und so albernen Quatsch wie »Cogito ergo boggsum« schwatzte?

»Der ist wahrlich sonderbar«, stimmte Großmaul zu, »und es

würde mich gar nicht wundern, wenn etwas dran wäre an dem Gerede, daß er Zwergen-Sympathien hat.« An diesem Punkt trat ein verlegenes Schweigen ein, vor allem der junge Spam war betreten, denn er hatte die unbewiesenen Beschuldigungen nie geglaubt, die Windbeutels seien »wappenführende Zwerge«. Spam wies darauf hin, daß echte Zwerge kleiner seien und viel schlechter riechen als Boggies.

»Das sind recht kühne Worte«, lachte Großmaul und wippte mit dem rechten Vorderfuß, »über jemanden, der den Namen Windbeutel nur *geliehen* hat!«

»Ja, ja«, pflichtete Clotty Peristalt bei. »Wenn dieser Frito nicht die Frucht einer Mußheirat ist, dann kann ich Mittagessen nicht von Abendessen unterscheiden!« Die Krakeeler lachten lauthals, als sie an Fritos Mutter dachten, Dildos Schwester, die sich unbesonnen mit jemandem von der falschen Seite des Gallweinflusses verlobt hatte (mit einem, der als »Halbling« bekannt war, d.h. teils Boggie, teils Opossum). Einige der Anwesenden griffen das auf, und es folgte eine Reihe derber[1] und ziemlich einfältiger Witze auf Kosten der Windbeutels.

»Und überdies«, sagte Großmaul, »verhält sich Dildo immer ... geheimnisvoll, wenn ihr wißt, was ich meine.«

»Es gibt welche, die sagen, er verhält sich, als hätte er was zu verbergen, sagen sie«, ließ sich eine fremde Stimme aus einer dunklen Ecke vernehmen. Die Stimme gehörte einem Menschen, den die *Beutel-Blick*-Boggies nicht kannten, ein Ausländer, den sie begreiflicherweise übersehen hatten wegen seines ziemlich gewöhnlichen schwarzen Umhangs, des schwarzen Kettenpanzers, der schwarzen Keule, des schwarzen Dolches und des absolut normalen rotglühenden Feuerscheins, wo seine Augen hätten sein sollen.

»Die das sagen, mögen recht haben«, meinte Großmaul und zwinkerte seinen Kumpanen zu, um sie auf die kommende Pointe vorzubereiten. »Aber die das sagen, mögen auch *unrecht* haben.« Als sich nach dem typischen Gangrän-Blödsinn die all-

[1] Derb natürlich für jeden außer einem Boggie.

gemeine Heiterkeit legte, hatten nur wenige bemerkt, daß der Fremde verschwunden war und lediglich einen komischen Stallgeruch zurückgelassen hatte.

»Aber es wird ein schönes Fest werden«, beharrte der kleine Spam.

Dem stimmten alle zu, denn nichts liebt ein Boggie mehr als eine Gelegenheit, sich den Bauch vollzuschlagen, bis ihm ernstlich schlecht wird.

Es war die kühle Jahreszeit, Frühherbst, und kündigte den Nachtisch-Wechsel der Boggies an: Von ganzen Wassermelonen gingen sie zu ganzen Kürbissen über. Aber die jüngeren Boggies, die noch nicht zu fett waren, um ihre massigen Gestalten durch die Straßen der Stadt zu wälzen, sahen Beweise für ein weiteres Vergnügen bei dem bevorstehenden Fest: Feuerwerk!

Als sich der feierliche Tag näherte, rollten von kräftigen Akkerziegen gezogene Karren durch die Binsentore von Boggingen. Sie waren beladen mit Kisten und Lattenverschlägen, die alle mit der X-Rune von Gutgolf dem Zauberer und mit verschiedenen elbischen Markennamen bezeichnet waren.

Die Lattenverschläge wurden an Dildos Tür abgeladen und geöffnet, und die quäkenden Boggiekinder wedelten mit ihren rudimentären Schwänzen voll Staunen über den wunderbaren Inhalt. Da waren bündelweise Röhren auf Dreifüßen montiert, um ziemlich übergroße Leuchtkugeln abzuschießen; da gab es dicke, mit Flossen versehene Raketen, die am vorderen Ende seltsame kleine Knöpfe hatten und Hunderte von Pfunden wogen, sowie einen Röhren-Rotationszylinder mit einer Kurbel zum Drehen und schließlich große »Kirschenbomben«, die, wie die Kinder fanden, mehr wie kleine grüne Ananas mit einem oben eingelassenen Ring aussahen. Jeder Lattenverschlag war mit einer olivgrünen Elbenrune gestempelt, die besagte, daß diese Spielereien in den Werkstätten einer Elbendame hergestellt worden waren, deren Name ähnlich klang wie »Amy Ladenhüter«.

Verschmitzt lächelnd sah Dildo beim Auspacken zu, dann verscheuchte er die lieben Kleinen, indem er tückisch mit einem gut geschärften Zehennagel nach ihnen trat. »Los, verduftet, aber dalli!« rief er fröhlich hinter ihnen her, als sie schleunigst den Rückzug antraten. Dann lachte er und ging in seine Boggie-Höhle, um sich drinnen mit seinem Gast zu unterhalten.

»Das gibt ein Feuerwerk, das sie nicht vergessen werden«, sagte der betagte Boggie kichernd zu Gutgolf, der ziemlich unbequem auf einem Stuhl in geschmacklosem Elben-Jugendstil saß und seine Zigarre rauchte. Ringsum war der Fußboden übersät mit Scrabble-Buchstaben, die zu obszönen Wörtern angeordnet waren.

»Ich fürchte, du mußt deine Pläne für sie ändern«, sagte der Zauberer, während er ein verfilztes Haarbüschel in seinem langen, schmutziggrauen Bart entwirrte. »Ausrottung ist keine Methode, der du dich bedienen kannst, um dich für die kleinen Ärgernisse zu rächen, die dir die Leute in der Stadt bereitet haben.«

Dildo sah seinen alten Freund listig und abschätzend an. Gutgolf war in einen fadenscheinigen Zauberermantel gehüllt, der schon lange aus der Mode war und an dessen ausgefranstem Saum noch notdürftig ein paar Flitterplättchen und Ziermünzen hingen. Auf dem Kopf trug er einen hohen, zerbeulten, kegelförmigen Hut, unregelmäßig bedeckt mit im Dunkeln leuchtenden kabbalistischen Zeichen, alchimistischen Symbolen und einigen anrüchigen Zwergen-Graffiti, und seine knorrigen Finger mit den abgeknabberten Nägeln umklammerten einen krummen, versilberten Wurmholzstock, der ihm nicht nur als Zauberstab, sondern auch als Rückenkratzer diente. In diesem Augenblick benutzte Gutgolf ihn für den zweiten Zweck, während er die abgetragenen Kappen seiner Schuhe betrachtete, die man heutzutage für schwarze Basketballschuhe halten würde. Hochschäfter.

»Siehst ein bißchen heruntergekommen aus, Golfie«, kicherte Dildo. »Das alte Zauberergeschäft geht wohl nicht so gut?«

Gutgolf sah etwas gequält aus, als er seinen Pennälerspitznamen hörte, ordnete aber voll Würde seine Kleidung. »Es ist nicht meine Schuld, wenn Ungläubige über meine Fähigkeiten spotten«, sagte er. »Meine Wunder werden immer noch bewirken, daß alle gaffen und sich ducken!« Plötzlich fuchtelte er mit seinem Kratzer herum, und der Raum wurde in Dunkelheit getaucht. Durch die Schwärze sah Dildo, daß Gutgolfs Gewänder leuchtend und strahlend geworden waren. Seltsame Buchstaben in Elbenschrift erschienen rätselhafterweise auf dem Vorderteil seines Mantels, und Dildo vermochte sie zu lesen: *Willst du mich im Dunkeln küssen, Baby?*

Ebenso plötzlich ging in der behaglichen Höhle das Licht wieder an, und die Inschrift auf der Brust des Zauberers verblaßte. Dildo verdrehte die Augen nach oben und zuckte die Schultern.

»Ach, weißt du, Golfie«, sagte er, »derlei Zeug ist ebenso überholt wie hochgeknöpfte Beinschienen. Kein Wunder, daß du einem Nebenerwerb als Falschspieler auf Bauernjahrmärkten nachgehen mußtest.«

Gutgolf nahm den Sarkasmus seines Freundes gelassen hin. »Mach dich nicht lustig über Fähigkeiten, die deinen Horizont übersteigen, du unverschämter Haarfuß«, und als er das sagte, hatte er mit einemmal fünf Asse in der Hand, »denn du kannst die Wirksamkeit meiner Zauberei sehen!«

»Ich sehe nur, daß du endlich den Dreh mit dem albernen Ärmelschütteln rausbekommen hast«, lachte der Boggie und schenkte seinem alten Gefährten einen Humpen Bier ein. »Aber warum hörst du nicht auf mit deiner Weiße-Mäuse-und-Elbenzauber-Nummer und sagst mir, warum du mich mit deiner Anwesenheit beehrst – und mit deinem Appetit.«

Der Zauberer wartete einen Moment mit der Antwort, um seinen Blick auszurichten, da seine Augen in letzter Zeit zum Schielen neigten, und sah Dildo ernst an.

»Es ist an der Zeit, über den Ring zu sprechen«, sagte er.

»Ring? Welchen Ring?« fragte Dildo.

»Du weißt ganz genau, um welchen Ring es sich handelt«, erwiderte Gutgolf. »Der Ring in deiner Tasche, Herr Windbeutel.«

»Ach, *der* Ring.« Dildo gab sich ganz arglos. »Ich dachte, du meinst den Dreckring, den du nach deinen spiritistischen Sitzungen mit deiner Gummi-Ente in meiner Badewanne hinterläßt.«

»Es ist nicht die Zeit, um Scherze zu machen«, verwies ihn Gutgolf, »denn böse Geschöpfe sind unterwegs in den Landen, und Gefahr dräut.«

»Aber . . .«, begann Dildo.

»Seltsame Wesen rühren sich im Osten . . .«

»Aber . . .«

»Unheil wandert auf der Großen Straße . . .«

»Aber . . .«

»Da findet ein Neidhammel . . .«

»Aber . . .

». . . ein Haar in der Suppe . . .«

Mit einer heftigen Bewegung legte Dildo dem Zauberer die Pfote auf den redenden Mund. »Meinst du«, flüsterte er, »meinst du, ein Ballhock lauert im Hinterhalt?«

»MMMMMMM«, nickte der geknebelte Magier.

Dildos schlimmste Befürchtungen hatten sich bewahrheitet. Nach dem Fest, dachte er, werden viele Beschlüsse gefaßt werden müssen.

Obwohl nur zweihundert Einladungen verschickt worden waren, hätte Frito Windbeutel nicht überrascht sein sollen, als er eine erheblich größere Zahl von Gästen an den riesigen, trogähnlichen Tischen unter dem großen Zelt auf der Windbeutel-Wiese sitzen sah. Er riß die Augen auf, als er herumschlenderte und beobachtete, wie die unzähligen gierigen Schnauzen schmatzend an den Hammelkeulen und Bratenstücken rissen und für alles andere blind waren. Wenige Gesichter in der grunzenden, rülpsenden Menge, die an den Freßtischen hockte, kamen ihm bekannt vor, aber noch geringer war die Zahl derer, die durch Masken von getrockneter Sauce und Fleischsaft nicht bereits völlig unkenntlich geworden waren. Erst jetzt wurde sich der junge Boggie über die Stichhaltigkeit von Dildos Lieblingsausspruch klar: »Es bedarf einer Menge Futter, um einem Boggie den Mund zu stopfen.«

Dennoch war es ein großartiges Fest, fand Frito, als er einer fliegenden Schweinshaxe auswich. Große Gruben waren einfach ausgehoben worden, um die Berge von angesengtem Fleisch aufzunehmen, die die Gäste dann mit ihren kräftigen Kiefern zermalmten, und sein Onkel Dildo hatte eine raffinierte Rohrleitung mit Gefälle ersonnen, durch die unzählige Fuder berauschenden Biers in deren grenzenlose Wänste flossen. Nachdenklich betrachtete Frito seine Landsleute, die sich schlürfend den Bauch mit Kartoffelkraut vollschlugen und dann und wann ein Stückchen fettiges Fleisch »für später« in die Jackentaschen und Geldbörsen stopften. Gelegentlich sank ein übereifriger Tischgenosse bewußtlos auf den Boden, was die anderen sehr belustigte und sie veranlaßte, ihn mit Abfällen zu bombardieren. Abfälle waren das, was sie nicht »für später« wegsteckten.

Rings um Frito sah und hörte man das Knirschen von Boggie-Zähnen, das Gurgeln von Boggie-Speiseröhren, das Knurren von sich hebenden und senkenden Boggie-Bäuchen. Das geräuschvolle Nagen und Mampfen übertönte fast die Nationalhymne des Kobenlandes, die eine angeheuerte Kapelle jetzt mehr oder weniger zu Gehör brachte.

»Wir Boggies sind ’ne haarige Schar
Und essen viel, das ist ja klar.
Doch keiner einen Freund vergißt
Und selten einen solchen frißt.

Immer essen, immer trinken,
Bis dann unter’n Tisch wir sinken.
Ob wir Fleisch, ob Würste kauen,
Auf das Beste nur wir bauen.

Refrain: Mampfen, mampfen, immer mampfen,
Mampfen, mampfen, immer mampfen.

Boggies, Boggies, kommt zu Tisch,
Wollt womöglich ihr auch Fisch?
Eßt, was euer Herz begehrt,
Gar nichts wird euch hier verwehrt.

Stopft nur rein, was immer eßbar.
Könnt ihr nicht mehr? Ist ja nicht wahr!
Mit dem Finger im Hals wird Platz gemacht,
Aufhören zu essen wär doch gelacht!

Refrain: Mampfen, mampfen, immer mampfen,
Mampfen, mampfen, immer mampfen.

Frito wanderte an den Tischreihen vorbei in der Hoffnung, die vertraute vierschrötige Gestalt von Spam zu finden. »Mampfen, mampfen, immer mampfen . . .« murmelte er vor sich hin, aber die Wörter erschienen ihm fremd. Warum fühlte er sich so einsam unter den Schmausenden, warum war er sich in seinem eigenen Wohnort immer wie ein Eindringling vorgekommen? Er starrte auf die Masse mahlender Backenzähne und fußlanger, gespaltener Zungen, die in der Nachmittagssonne rosa und feucht schimmernd aus Hunderten von Mündern heraushingen.

In diesem Augenblick gab es einen kleinen Tumult an dem Haupttisch, an dem Frito als Ehrengast hätte sitzen sollen. Onkel Dildo war auf seine Bank gestiegen und gebot mit mehreren Handbewegungen Ruhe, denn er wollte seine Nachtischrede halten. Etwas Gespött wurde laut und einige Köpfe zusammengesteckt, aber jedes gespitzte pelzige Ohr und jedes glasige Auge bemühte sich aufzufangen, was Dildo zu sagen hatte.

»Meine Boggie-Landsleute«, begann er, »meine lieben Pups und Peristalts, Faßdarms und Hängeleibs, Nadelspitzen, Leberlappen und Nasendinger.« (*Nasenfinger,* berichtigte ihn ein zorniger Zecher, der, seinem Familiennamen getreu, den Finger bis zum vierten Glied in die Nase gebohrt hatte.)

»Ich hoffe, ihr habt euch alle genudelt, bis euch schlecht wird.« Das war die übliche Grußformel, die zum Zeichen, daß den Gästen die Kost zugesagt hatte, mit den traditionellen Furz- und Rülpssalven beantwortet wurde.

»Ich habe, wie ihr alle wißt, fast mein ganzes Leben in Boggingen verbracht und mir über euch alle eine Meinung gebildet. Ehe ich euch zum letzten Mal verlasse, möchte ich euch kundtun, was ihr alle für mich bedeutet habt.« Die Menge brüllte beifällig, denn alle glaubten, jetzt sei der Augenblick gekommen, da Dildo die erwarteten Geschenke unter ihnen verteilen würde. Aber was nun kam, überraschte sogar Frito, der seinen Onkel bestürzt und zugleich bewundernd ansah. Denn der hatte die Hose heruntergelassen.

Den Aufruhr, der folgte, sollte sich der Leser selbst ausmalen, so lahm seine Phantasie auch sein mag. Doch durch ein vorher verabredetes Zeichen, das Feuerwerk abzubrennen, hatte Dildo dafür gesorgt, daß der Zorn seiner Gäste abgelenkt wurde. Plötzlich gab es einen ohrenbetäubenden Krach und eine blendende Helligkeit. Vor Angst schreiend warfen sich die auf Rache erpichten Boggies in den Staub, während es ringsum so verheerend donnerte und blitzte, als würde die Welt untergehen. Der Lärm legte sich, und die Mutigeren in der wütenden Menge blickten auf in den heißen Wind, der sich auf dem kleinen Hügel erhob, wo Dildos Tisch gestanden hatte. Er war nicht mehr da. Dildo auch nicht.

»Ihr hättet ihre Gesichter sehen sollen«, sagte Dildo lachend zu Gutgolf und Frito. Wieder in seiner Höhle und in Sicherheit, genoß der alte Boggie seine Schadenfreude in vollen Zügen. »Sie rannten wie aufgescheuchte Hasen!«

»Hasen oder Boggies, ich habe dir gesagt, du sollst vorsichtig sein«, verwies ihn Gutgolf. »Du hättest einige schwer verletzen können.«

»Ach wo«, erwiderte Dildo. »Alle Schrapnells flogen in die andere Richtung. Und es war eine gute Methode, um sie auf die Palme zu bringen, ehe ich dieses Kaff endgültig verlasse.« Dildo stand auf und begann, seine Koffer noch einmal zu überprüfen, die alle sorgfältig mit der Adressenangabe »Brüchigtal, Östrogen« versehen waren. »Die Lage wird überall gefährlich, und es war gut, ihnen auf diese Weise Feuer unter den fetten Hintern zu machen.«

»Überall gefährlich?« fragte Frito.

»Allerdings«, sagte Gutgolf. »Böse Geschöpfe sind unterwegs in . . .«

»Nicht jetzt«, unterbrach ihn Dildo ungeduldig. »Sag Frito bloß, was du mir erzählt hast.«

»Was dein unhöflicher Onkel meint«, begann der Zauberer, »ist, daß ich viele Zeichen gesehen habe, die Unheil für alle verkünden, im Kobenland und anderswo.«

»Zeichen?« fragte Frito.

»Wirklich und wahrhaftig«, erwiderte Gutgolf geheimnisvoll. »Im vergangenen Jahr habe ich seltsame und gräßliche Wunder gesehen. Äcker säen Gerste und ernten Fingergras und Pilze, und selbst kleine Gärten stoßen ihre Artischockenherzen aus. Es hat einen heißen Tag im Dezember und einen blauen Mond gegeben. Kalender mit einem ganzen Monat Sonntage werden hergestellt, und ein preisgekröntes holsteinisch-friesisches Rind brachte zwei Versicherungsvertreter lebend zur Welt. Die Erde birst, und die Eingeweide einer Ziege waren durch quadratische Knoten verknüpft. Das Antlitz der Sonne wird schwarz, und vom Himmel regneten glitschige Kartoffelchips.«

»Aber was bedeutet das alles?« stieß Frito keuchend hervor.

»Keine Ahnung.« Gutgolf zuckte die Schultern. »Aber ich fand, es hört sich gut an. Doch ist das noch nicht alles. Meine Späher berichten mir von schwarzen Truppenaufgeboten, die sich im Osten sammeln, in den toten Landen von Fordor. Die Horden von fiesen Narks und Trollen haben sich vermehrt, und tagtäglich schleichen sich rotäugige Gespenster sogar bis an die

Grenzen des Kobenlandes. Bald wird die schwarze Hand von Sauerkopf viel Schrecken im Land verbreiten.«

»Sauerkopf!« rief Frito. »Aber Sauerkopf ist doch tot.«

»Glaube nicht alles, was du von den Herolden hörst«, sagte Dildo ernst. »Es wurde angenommen, Sauerkopf sei in der Schlacht von Akopad für immer vernichtet worden, aber anscheinend war das Wunschdenken. Tatsächlich sind er und seine Neun Nozdrul der Säuberungsaktion entgangen, weil sie sich schlau als Zigeuner-Tänzertruppe verkleidet hatten. Sie entkamen durch die Ngaio-Marschen und erreichten die Vororte von Fordor, wo die Grundstückspreise wie ein lahmer Falke ins Bodenlose stürzten. Von Fordor aus haben sie seitdem wieder Kraft erlangt.«

»Sein übles Unheilkarbunkel«, fuhr dann Gutgolf fort, »ist angeschwollen, wird bald aufbrechen und seinen Eiter über ganz Niedermittelerde ergießen. Wenn wir am Leben bleiben sollen, muß das Geschwür richtig aufgestochen werden, ehe Sauerkopf mit seinem widerlichen Zermürbungskrieg beginnt.«

»Aber wie können wir das bewerkstelligen?« wollte Frito wissen.

»Wir müssen verhindern, daß er das bekommt, was den Sieg bringen kann. Wir müssen verhindern, daß er den Großen Ring bekommt.«

»Was für ein Ring ist denn das?« fragte Frito und äugte nach möglichen Ausgängen der Höhle.

»Hör auf, nach möglichen Ausgängen zu äugen, dann werde ich es dir sagen«, rügte Gutgolf den verängstigten Boggie. »Vor vielen Jahren, als Boggies noch mit Eichhörnchen um Haselnüsse kämpften, wurden in den Elbenhallen Ringe der Macht geschmiedet. Diese nach einem Geheimrezept, das heute nur noch die Zahnpastafabrikanten kennen, hergestellten fabelhaften Ringe verliehen ihren Trägern große Macht. Insgesamt gab es zwanzig: Sechs gewährten Macht über das Land, fünf die Beherrschung der Meere, mit dreien konnte man auf die Luft einwirken und mit zweien üblen Mundgeruch beseitigen. Dank diesen Ringen lebten in früherer Zeit die Leute, Sterbliche sowohl wie Elben, in Frieden und Herrlichkeit.«

»Aber das sind erst sechzehn«, bemerkte Frito. »Was ist mit den anderen vier?«

»Rückrufaktion wegen Fabrikationsfehlern«, lachte Dildo. »Bei Regen verursachten sie Kurzschlüsse, so daß einem die Finger verbrannten.«

»Mit Ausnahme des Großen Rings«, erklärte Gutgolf feierlich, »denn der Große Ring beherrscht alle anderen, deswegen begehrt ihn Sauerkopf jetzt vor allem. Macht und Zauberkräfte des Rings sind von Legenden verschleiert, und wie es heißt, wird dem Träger häufig übel mitgespielt. Es heißt auch, der Träger könne entsprechend seinen Fähigkeiten unmögliche Taten vollbringen, alle Geschöpfe seinem Willen unterwerfen, unbezwingbare Heere besiegen, mit Fischen und Vögeln reden, Stahl mit bloßen Händen biegen, mit einem Satz auf hohe Burgmauern springen, Freunde gewinnen und Leute beeinflussen, gebührenpflichtige Verwarnungen wegen falschen Parkens ankleben ...«

»Und sich zur Maikönigin wählen lassen«, ergänzte Dildo. »Was immer er möchte.«

»Diesen Großen Ring begehren also alle«, vermutete Frito.

»Und sie begehren einen Fluch!« rief Gutgolf und schwenkte seinen Zauberstab voll Leidenschaft. »Denn so gewiß, wie der Ring Macht verleiht, ebenso gewiß wird er der Gebieter! Sein Träger verändert sich allmählich, und niemals zu seinem Vorteil. Er wird mißtrauisch und sehr erpicht auf seine Macht, denn sein Herz wird hart. Er liebt seine Kraft allzu sehr und bekommt Magengeschwüre. Er wird lendenlahm und reizbar und anfällig für Neuritis, Neuralgie, quälende Rückenschmerzen und häufige Erkältungen. Bald lädt ihn niemand mehr zu Festen ein.«

»Ein ganz entsetzlicher Schatz, dieser Große Ring«, fand Frito.

»Und eine entsetzliche Bürde für den, der ihn trägt«, fuhr Gutgolf fort. »Denn irgendein Unglücklicher muß ihn tragen, ohne daß er Sauerkopf in die Hände fällt, und das bedeutet Gefahr und bestimmt Verderben. Jemand muß den Ring zu den Zazu-Abgründen von Fordor bringen, direkt vor der fiesen Nase des grimmen Sauerkopfs, und dabei muß er so ungeeignet für diese Aufgabe aussehen, daß er nicht schnell aufgespürt wird.«

Frito erschauerte vor Mitgefühl mit einem solchen Pechvogel. »Dann sollte der Träger ein kompletter und ausgemachter Idiot sein«, lachte er aus schierer Nervosität.

Gutgolf warf Dildo einen Blick zu, der nickte und Frito lässig einen kleinen, schimmernden Gegenstand auf den Schoß warf. Es war ein Ring.

»Gratuliere«, sagte Dildo bedrückt. »Du hast dir gerade die Narrenkappe aufgesetzt.«

ZWEITES KAPITEL

DREI MANN HOCH, VIER IM LOCH

»An deiner Stelle«, sagte Gutgolf, »würde ich die Reise bald antreten.« Frito sah gedankenverloren von seinem Kohlrübentee auf.

»Für einen halben Silberling kannst du an meiner Stelle sein, Gutgolf. Ich habe mich, soweit ich mich erinnere, nicht freiwillig für diese Ringgeschichte gemeldet.«

»Jetzt ist nicht die Zeit für törichte Scherze«, sagte der Zauberer und zog aus seinem zerbeulten Hut ein Kaninchen. »Dildo ist schon vor Tagen aufgebrochen und erwartet dich in Brüchigtal, ich ebenso. Dort wird von allen Völkern von Niedermittelerde über das Schicksal des Rings entschieden werden.«

Frito tat so, als wäre er ganz von seiner Tasse in Anspruch genommen, als Spam aus dem Eßzimmer herüberkam und begann, die Höhle aufzuräumen und die letzten Habseligkeiten von Dildo zur Einlagerung einzupacken.

»Sieh da, Herr Frito«, krächzte er und tippte an die fettige Mütze. »Hab grad das restliche Zeug für deinen Onkel zusammengesucht, der rätselhaft verschwunden ist ohne eine Spur. Komische Geschichte das, wie?« Als er sah, daß keine Erklärung kam, verzog sich der getreue Diener in Dildos Schlafzimmer. Gutgolf sammelte rasch sein Kaninchen wieder ein, das sich geräuschvoll auf dem Teppich erbrach, und sprach dann weiter.

»Bist du sicher, daß man ihm vertrauen kann?«

Frito lächelte. »Natürlich. Spam ist mir immer ein wahrer Freund gewesen, seit wir, als wir entwöhnt waren, zusammen in den Tierzuchtverein zur Abrichtung kamen.«

»Und er weiß nichts von dem Ring?«

»Nichts«, sagte Frito. »Dessen bin ich sicher.«

Gutgolf blickte zweifelnd zur geschlossenen Schlafzimmertür hinüber. »Du hast ihn noch, nicht wahr?«

Frito nickte und zog die Kette aus Büroklammern hervor, mit welcher der Ring an seinem karierten Bowlinghemd befestigt war.

»Dann sei vorsichtig damit, denn er hat viele Kräfte«, mahnte Gutgolf.

»Kann er etwa meine Tasche grün machen?« fragte der junge Boggie und drehte den kleinen Ring zwischen seinen Wurstfingern. Furchtsam starrte er ihn an, wie er das in den letzten Tagen viele Male getan hatte. Der Ring bestand aus einem glänzenden Metall und war mit seltsamen Zeichen und Widmungen verziert. Entlang der ganzen Innenseite war etwas in einer Frito unbekannten Sprache geschrieben.

»Ich kann die Wörter nicht entziffern«, sagte er.

»Nein, natürlich nicht«, erwiderte Gutgolf. »Sie sind elbisch in der Sprache von Fordor. In roher Übersetzung lauten sie:

›Diesen Ring, keinen anderen, haben Elben gemacht
Und hätten, ihn zu behalten, die Mutter umgebracht.
Beherrscher von Schlangen, Menschen und Muscheln,
Kann dieses Mordsding gar nichts vertuscheln.
Die allmächtige Kraft liegt in diesem Ring
Und macht dich bestimmt zum Sonderling.
Ist er kaputt oder sonstwie entzwei,
Schick ihn an Sauerkopf, portofrei.‹«

»Shakestur ist das nicht«, fand Frito und steckte den Ring schleunigst wieder in die Hemdtasche.

»Aber dennoch eine schreckliche Warnung«, sagte Gutgolf. »Gerade jetzt sind Sauerkopfs Kreaturen unterwegs und schnüffeln nach diesem Ring, und es wird nicht mehr lange dauern, bis sie ihn hier riechen. Es ist Zeit, nach Brüchigtal aufzubrechen.« Der alte Zauberer stand auf, ging zur Schlafzimmertür und riß sie mit einem Ruck auf. Krachend fiel Spam auf die Nase, denn er hatte gelauscht, und seine Taschen waren voll von Dildos besten Mithril-Eßlöffeln. »Und *das* wird dein getreuer Gefährte sein.« Als Gutgolf ins Schlafzimmer ging, grinste Spam Frito mit einer schlappohrigen Dusseligkeit an, die zu schätzen Frito gelernt hatte, und dabei versuchte er vergeblich, die Löffel in seinen Taschen zu verstecken.

Ohne sich um Spam zu kümmern, rief Frito ängstlich hinter dem Zauberer her.

»Aber . . . aber . . . ich muß noch viele Vorbereitungen treffen! Mein Gepäck . . .«

»Keine Sorge«, erwiderte Gutgolf und hob zwei Koffer hoch. »Ich habe sie vorsichtshalber für dich gepackt.«

Die Nacht war klar wie ein Elbenstein, von Nullpunkten einer Sternschaltung funkelnd, als Frito auf einer Weide außerhalb der Stadt seine Gefährten versammelte. Außer Spam waren es die Zwillingsbrüder Mopsi und Pepsi Moosbeere, beide unausstehlich und leicht entbehrlich. Sie tollten vergnügt auf der Wiese herum. Frito rief sie zur Ordnung und fragte sich im stillen, warum Gutgolf ihm zwei schwanzwedelnde Idioten aufgehalst hatte, denen niemand in der Stadt ein abgebranntes Streichholz anvertrauen konnte.

»Los, gehen wir, los, gehen wir!« schrie Mopsi.

»Ja, los!« fand auch Pepsi, der prompt einen Schritt machte, direkt auf seinen Knallkopf fiel und sich die Nase blutig schlug.

»Trottel!« lachte Mopsi.

»Dito Trottel!« wimmerte Pepsi.

Frito verdrehte die Augen himmelwärts. Es würde ein langes Epos werden.

Als sie ihm ihre schweifende Aufmerksamkeit zuwandten, inspizierte Frito seine Gefährten und ihr Gepäck. Wie er befürchtet hatte, waren seine Befehle unbeachtet geblieben, und alle hatten Kartoffelsalat mitgebracht. Alle außer Spam, der seinen Rucksack mit Schundromanen und Dildos Eßlöffeln vollgestopft hatte.

Schließlich brachen sie auf und gingen, Gutgolfs Instruktionen folgend, entlang der mit gelben Backsteinen gepflasterten Interkreis-Mautstraße, der längsten Etappe ihrer Fahrt nach Brüchigtal. Der Zauberer hatte ihnen eingeschärft, sie sollten des Nachts ungesehen neben der Straße wandern, das Ohr am Boden und die Augen offenhalten und die Nase nicht in alles stecken; diese letzte Anweisung war unter den gegebenen Umständen eine ziemliche Zumutung für Pepsi.

Eine Weile gingen sie schweigend, vertieft in das, was bei Boggies als Gedanken galt. Aber Frito war insbesondere beunruhigt, als er erwog, welche langen Strecken vor ihm lagen. Seine Gefährten hüpften und sprangen fröhlich, schlugen sich ausgelassen und stellten sich gegenseitig ein Bein, doch ihm war das Herz schwer vor Furcht. Eingedenk glücklicherer Zeiten summte er und sang dann ein altes Zwergenlied, das er als Kind von seinem Onkel Dildo gelernt hatte, ein Lied, dessen Dichter lange vor dem Auftauchen von Niedermittelerde gelebt hatte. Es begann folgendermaßen:

Hei-ho, hei-ho
Zur Arbeit geht's nun irgendwo,
Hei-ho, hei-ho, hei-ho, hei-hei,
Hei-ho, hei-ho . . .

»Schön! Schön!« kreischte Mopsi.

»Ja, schön! Vor allem die ›hei-ho‹-Nummer«, fand Pepsi.

»Und wie nennst du das?« fragte Spam, der wenige Lieder kannte[1].

»Ich nenne es ›hei-ho‹«, sagte Frito.

Aber es munterte ihn nicht auf.

Bald begann es zu regnen, und sie holten sich alle einen Schnupfen.

[1] Anständige wenigstens.

Der Himmel im Osten ging von Schwarz in Perlgrau über, als die vier Boggies, müde und sich die Lunge aus dem Leib niesend, ihren Marsch unterbrachen und sich zur Tagesruhe in einem Weidendickicht lagerten, viele Schritte entfernt von der ungeschützten Mautstraße. Die erschöpften Wanderer streckten sich auf dem nicht einsehbaren Gelände aus und taten sich ausgiebig gütlich an Fritos Proviant, der aus Zwergenbrot, Boggie-Bier und panierten Kalbsschnitzeln bestand. Dann stöhnten sie leise unter dem Gewicht ihrer Bäuche und schliefen gleich ein, und alle träumten ihren persönlichen Boggie-Traum; die meisten drehten sich um Kalbsschnitzel.

Frito wachte auf und fuhr zusammen. Es war jetzt dämmerig, und ein flaues Gefühl im Magen veranlaßte ihn, voll Schrecken durch die Zweige auf die Straße zu starren. Zwischen den Blättern sah er in der Ferne eine dunkle, schattenhafte Gestalt. Sie bewegte sich langsam und vorsichtig auf der ansteigenden Straße und sah wie ein großer, schwarzer Reiter auf einem riesigen fetten Vieh aus. Frito hielt den Atem an, als die unheimliche Gestalt sich von der untergehenden Sonne scharf abhob und ihre roten Augen das Land zu erforschen suchten. Einmal glaubte Frito, die glühenden Kohlen hätten direkt durch ihn hindurchgesehen, aber sie zwinkerten nach Art von Kurzsichtigen und blickten über ihn hinweg. Das plumpe Reittier, das dem verblüfften Frito ein gewaltiges, erheblich überfüttertes Schwein von der Größe eines Hauses zu sein schien, schnüffelte schnaufend im nassen Boden, um eine Spur aufzustöbern. Die anderen wachten auch auf und erstarrten vor Schreck. Während sie hinschauten, trieb der üble Jäger sein Reittier mit dem Stachelstock an, gab einen kräftigen sauren Furz von sich und ritt weiter. Er hatte sie nicht gesehen.

Die Boggies warteten, bis das ferne Grunzen des Tieres schon längst nicht mehr zu hören war, ehe einer von ihnen sprach. Frito drehte sich zu seinen Gefährten um, die in ihren Futtersäkken gut versteckt waren, und flüsterte: »In Ordnung. Der ist weg.«

Zweifelnd tauchte Spam auf. »Du meine Güte, wenn mich das nicht vor Schreck fast aus dem Hosenlatz hätte fahren lassen«, lachte er gezwungen. »Höchst sonderbar und beunruhigend.«

»Sonderbar und beunruhigend«, erklang es im Chor aus den anderen Säcken.

»Und noch beunruhigender, wenn ich jedesmal ein Echo höre, sobald ich die Klappe aufmache!«

Spam trat gegen die Säcke, die beide quietschten, aber keine Anstalten trafen, ihren Inhalt preiszugeben.

»Ein Meckerfritze ist das«, sagte der eine.

»Ein Meckerfritze und *gemein* dazu«, fand der andere.

»Ich frage mich«, sagte Frito, »was und wer dieses schreckliche Geschöpf war.«

Spam senkte den Blick und kratzte sich schuldbewußt am Kinn. »Ich vermute, das ist einer von den Leuten, von denen das Großmaul sagte, ich solle daran denken, dich davor zu warnen, Herr Frito.«

Frito sah ihn fragend an.

»Na ja«, sagte Spam, tippte an die Mütze und leckte zur Abbitte Fritos Zehen. »Jetzt fällt mir ein, was mir der Alte gesagt hat, gerade bevor wir aufbrachen. *Und vergiß nicht,* hat er gesagt, *Herrn Frito zu sagen, daß ein stinkiger Fremder mit roten Augen nach ihm gefragt hat.* Ein Fremder? hab ich gefragt. *Ja,* sagt er, *und als ich den Mund halte, geht der fiese Kerl hoch und zischt mich an und zwirbelt seinen schwarzen Schnurrbart. ›So ein Mist‹, sagt der Widerling, ›wieder verpatzt!‹ Und dann droht er mir mit seinem Knüppel und läßt ihn auf sein Schwein niedersausen, und wie der Wind ist er am Beutel-Blick vorbei und schreit etwas, das wie ›Quatschkopp‹ klang. Sehr seltsam, sage ich.* Es ist wohl ein bißchen spät, daß ich dir's erzähle, Herr Frito.«

»Ja«, sagte Frito, »jetzt haben wir keine Zeit, uns Sorgen zu machen. Ich bin nicht sicher, aber es würde mich nicht wundern, wenn es einen Zusammenhang gäbe zwischen jenem Fremden und diesem fiesen Schnüffler.« Frito strickte an einer Lösung des Problems, ließ aber wie üblich eine Masche fallen. »Jedenfalls«, fuhr er fort, »können wir nicht mehr ungefährdet der Straße nach Brie folgen. Wir werden die Abkürzung durch den Morschen Wald nehmen müssen.«

»Der Morsche Wald!?« riefen die Freßfuttersäcke im Chor.

»Aber, Herr Frito«, sagte Spam, »es heißt doch, da . . . *spukt* es!«

»Das mag schon sein«, erwiderte Frito ruhig, »aber wenn wir hier bleiben, werden wir bestimmt alle zu Eintopf verarbeitet.«

Mit herzhaften Fußtritten trieben Frito und Spam schleunigst die Zwillinge heraus, und die Gesellschaft säuberte den Platz von noch vorhandenen Schnitzelstücken, wobei die Reste mit einer Reihe Bockkäfer gewürzt wurden. Als alles bereit war, brachen sie auf, und die Zwillinge stießen hohe Zirplaute aus, in der nicht ganz unberechtigten Hoffnung, in der Dunkelheit für wandernde Kakerlaken gehalten zu werden. Genau nach Westen trampten sie, machten hartnäckig jede mögliche Gelegenheit aus, flach auf ihre Schnauze zu fallen, und eilten voran, um vor dem nächsten Sonnenaufgang die Sicherheit des Waldes zu erreichen. Frito hatte berechnet, daß sie zwei Meilen in ebenso vielen Tagen schaffen würden, nicht schlecht für einen Boggie, aber dennoch nicht schnell genug. Sie mußten den Wald ohne Aufenthalt durchqueren, um am nächsten Tag in Brie zu sein.

Sie gingen schweigend, abgesehen von einem leichten Wimmern von Pepsi. *Der alberne Kerl hat sich wieder die Fresse aufgeschlagen,* dachte Frito, *und Mopsi wird unwirsch.* Aber als die lange Nacht verging und der Osten sich erhellte, wurde das flache Land hügelig und buckelig mit Kuppen aus schwammiger, weicher Erde in der Farbe von Kalbsbrägen. Als die Gefährten voranstolperten, verwandelte sich das Unterholz in Schößlinge und dann in riesige, reizbar aussehende Bäume, mitgenommen und gezeichnet von Wind, Wetter und Arthritis. Bald waren sie dem Morgenlicht entzogen, und neue Dunkelheit deckte sie zu wie ein stinkiges Handtuch im Sportplatz-Umkleideraum.

Vor vielen Jahren war es ein fröhlicher, erfreulicher Wald gewesen mit gut zurückgeschnittenen Kätzchenweiden, tadellosen Tannen und feinen Fichten, der Tummelplatz von Drohnen-Maulwürfen und leicht tollwütigen Eichhörnchen. Aber jetzt waren die Bäume alt geworden, erstickt unter Niesmoos und Zehenschimmel, und der Schmucke Wald war der boshafte Morsche Wald geworden.

»Am Morgen sollten wir in Brie sein«, sagte Frito, als sie Pause machten, um einen leichten Kartoffelsalatimbiß zu sich zu nehmen. Aber das feindselige Murmeln in den Bäumen über ihren Köpfen hieß sie, nicht länger zu säumen. Rasch gingen sie weiter, bemüht, dem gelegentlichen Hagel von Kot auszuweichen, der von ungesehenen, doch verärgerten Bewohnern der Zweige über ihnen herabfiel.

Nachdem sie sich mehrere Stunden vorangeschleppt hatten, fielen die Boggies erschöpft auf den Boden. Die Gegend war Frito unvertraut, und sein Richtungssinn war schon lange in Unordnung geraten. »Wir hätten jetzt aus diesem Wald heraus sein sollen«, sagte er besorgt. »Ich glaube, wir haben uns verirrt.«

Spam blickte trübsinnig auf seine rapierscharfen Zehennägel, wurde dann aber wieder fröhlicher. »Das mag sein, Herr Frito«, sagte er, »aber mach dir keine Sorgen. Erst vor ein paar Stunden ist jemand anderer hier gewesen, nach dem Aussehen des Lagerplatzes zu urteilen. Und sie haben genau wie wir Toffelsalat gegessen!«

Frito studierte die aufschlußreichen Spuren sorgfältig. Es stimmte, erst vor ein paar Stunden war jemand hier gewesen und hatte Boggie-Futter gemampft. »Vielleicht können wir ihnen nachgehen und so den Weg nach draußen finden.« Also machten sie sich trotz ihrer Müdigkeit wieder auf.

Immer weiter trabten sie und riefen vergeblich nach den Leuten, deren hinterlassene Spuren ja bewiesen, daß jemand hier gewesen war: der Rest eines panierten Kalbsschnitzels, ein Boggie-Schundroman, einer von Dildos Eßlöffeln. (*Was für ein Zufall,* dachte Frito.) Aber weit und breit keine Boggies. Indes stießen sie auf ein paar andere Lebewesen. Sie begegneten einem großen

Kaninchen mit einer billigen Taschenuhr, das von einem närrischen Mädchen verfolgt wurde, während ein anderes junges Ding von drei rasenden Graubären angefallen wurde (»Da halten wir uns lieber raus«, sagte Frito wohlweislich), und sie kamen an einem verlassenen Pfefferkuchenhaus voller Fliegenschmutz vorbei, an dessen Marzipantür ein Anschlag besagte: »Zu vermieten«. Aber kein Hinweis, wie man aus dem Wald herauskam.

Von Müdigkeit überwältigt, ließen sich die vier plötzlich einfach fallen. Es war später Nachmittag und im Wald schon dämmerig, und ohne ein Nickerchen konnten sie einfach nicht weitergehen. Als ob ein Zaubertrank sie eingelullt hätte, rollten sich die haarigen kleinen Kerle zu pelzigen Kugeln zusammen, und unter den schützenden Ästen eines hohen Baums mit zitternden Blättern pennten sie einer nach dem anderen ein.

Spam merkte zuerst gar nicht, daß er wach war. Er hatte gespürt, daß etwas Weiches und Gummiartiges an seinen Kleidern zog, es aber für einen sehnsüchtigen Traum von jenen reptilischen Sinnenfreuden, die er erst so kürzlich im Kobenland genossen hatte, gehalten. Aber jetzt war er sicher, daß er deutlich ein *saugendes* Geräusch und ein Reißen von Stoff gehört hatte. Er machte rasch die Augen auf und sah, daß er splitterfasernackt und am Kopf und an den Pfoten durch die fleischigen Wurzeln des Baums gefesselt war. Mit schrillen Schreien weckte er seine Gefährten, ebenfalls verschnürt und ausgezogen von dem sich schlängelnden Gewächs, das jetzt ein deutliches *Gurren* von sich gab. Der seltsame Baum summte vor sich hin, während er immer fester zupackte. Voll Abscheu sahen die Boggies, daß der leise singende gemischte Salat die orangefarbenen, lippenähnlichen Blüten an seinen Enden herabsenkte. Die knolligen Schoten kamen näher und gaben abstoßende, schmatzende Kußlaute von sich, als sie begannen, sich an ihre hilflosen Körper anzuklammern. In dieser grausamen Umarmung würden die Boggies bald totgeknutscht sein. Mit letzter Kraft schrien sie alle um Hilfe.

»Hilfe! Hilfe!« riefen sie.

Aber niemand antwortete. Die dicken orangefarbenen Blüten wanden sich über den gefesselten Boggies und stöhnten vor Lust. Eine besonders fette klammerte sich an Spams Boggie-Bauch und begann unerbittlich zu saugen; er spürte, wie sein Fleisch mitten in die Blüte hinaufgezogen wurde. Dann sah Spam voll Schrecken mit an, wie die Blütenblätter mit einem vernehmbaren *Platsch!* losließen und ein dunkler, übler Striemen zurückblieb, wo der schreckliche Sauger gesessen hatte. Und machtlos, sich oder seine Gefährten zu retten, mußte Spam zuschauen, wie die jetzt keuchenden Kelchblätter sich anschickten, ihren letzten, tödlichen Zungenkuß zu verabfolgen.

Doch gerade als sich das lange, rote Staubblatt zu seiner unsäglichen Aufgabe herabsenkte, glaubte Spam nicht weit entfernt Brocken eines fröhlichen Liedes zu hören, das lauter wurde! Es war eine versoffene, verschlafene Stimme, und sie sang Wörter, die für Spams Ohren keine Wörter waren:

»Schnupfen! Schniefen! Drück dir Meskalino!
Weg mit Hasch! Ist zu lasch! Mach's mit Methedrino!
Nix Promille! Her mit 'ner Pille! Für Tim Benzedrino!«

Obwohl sie wahnsinnige Angst hatten, lauschten sie alle dem Lied, das klang, als leide der Sänger an unheilbarem Mumps:

»Schnüffeln, süffeln! Speed bringt uns durchs ganze Land,
Dealen, bis beschupste Kunden haben uns dann in der Hand!
Wir kennen keinen Vorbehalt, Schluß mit dem Geschmus,
Folgt mir nur, und alsobald wird euer Hirn zu Mus!
High sind wir wie die Vögel hoch droben in der Luft,
Macht mit, denn wir verkaufen Sandalen und sonstige Kluft.
Auf Perlen und Amulette sind Blumenkinder scharf,
So decken wir dann allesamt 'nen wirklichen Bedarf!

Auf Liebe, Frieden, Bruderschaft woll'n wir nun einen heben,
Und gibt es wieder dicke Luft, rennen wir ums liebe Leben!«

Plötzlich brach durch das Laub eine buntscheckige Gestalt, gehüllt in einen langen Umhang aus Haaren mit der Konsistenz von lange gekautem Karamel. Das Wesen war einem Menschen ähnlich, aber nicht sehr; es maß sechs Fuß, konnte aber nicht mehr wiegen als fünfunddreißig Pfund, einschließlich des Drecks. Die langen Arme des Sängers hingen fast bis auf den Erdboden, und sein Körper war mit einem Muster in verblüffenden Farben bedeckt, die von schizoidem Rot bis zu psychopathischem Azurblau reichten. Um den pfeifenstieldünnen Hals trug er ein Dutzend Schnüre mit perlförmigen Talismanen und in der Mitte ein Amulett mit der aufgedruckten Elbenrune *Kelvinator*. Durch das schmierige Haargewirr starrten zwei riesige, aus ihren Höhlen hervorquellende Augäpfel, die so blutunterlaufen waren, daß sie zwei Basebällen aus magerem Speck glichen.

»Oh ... nanu!« sagte das Geschöpf und schätzte rasch die Lage ab. Dann ging es, sich halb wiegend, halb springend, zum Fuß des mörderischen Baums, setzte sich auf die fleischlosen Hinterbacken und starrte ihn mit seinen farblosen, untertassenähnlichen Augen an; es sang eine Beschwörungsformel, die in Fritos Ohren wie ein trockner und stoßweiser Husten klang:

»Du böser Baum, nun hör schon auf,
Mit pelzigen Kerlchen solch Gerauf!
Zwar ist mein Hirn durch Speed zerstört,
Doch bin ich nicht gänzlich geistesgestört!
Mit diesem schlechten Trip mach Schluß,
Dafür gibt's schließlich Joints und Schuß!
Die Kerlchen sind friedlich hier im Wald,
Entlaß sie jetzt aus deiner Gewalt!«

Bei diesen Worten hatte der ausgemergelte Kerl die spillerige Hand erhoben und mit zwei Fingern das V-Zeichen gemacht, und jetzt fügte er einen unheimlichen Zauberspruch hinzu:

»Tim, Tim, Benzedrin!
Hasch! Heu, Valvolin!
Clean! Clean! Für Gene clean!
Erstens, zweitens, Leerlauf, Park,
Mach dich fort, du Blätter-Nark!«

Der hohe Baum erzitterte, von seinen Opfern fielen die Fesseln ab wie Makkaroni von gestern, und die Boggies sprangen mit Freudenschreien auf. Während sie fasziniert zuschauten, wimmerte das große grüne Scheusal wie ein Säugling und lutschte verdrossen an seinen eigenen Stempeln. Die Boggies sammelten ihre Kleider wieder ein, und Frito stieß einen Seufzer der Erleichterung aus, als er feststellte, daß der Ring noch fest in der Tasche angekettet war.

»O danke!« quiekten sie alle und wedelten mit den Schwänzen, »danke, danke!« Aber ihr Retter sagte nichts. Als ob er sich ihrer Anwesenheit nicht bewußt sei, wurde er steif wie der Baum und keuchte: »Ga, ga, ga«, während er die Augen aufriß und zuklappte wie nervöse Regenschirme. Seine Knie knickten ein und streckten sich wieder, dann knickten sie von neuem ein, und in einem Knäuel wild hin und her schlagender Haare fiel er auf die moosige Erde. Er hatte Schaum vor dem Mund und schrie: »O Gott, schafft sie mir vom Hals! Sie sind überall, und grün! Feiglinge! OGottoGottoGottoGottoGottoGott!« Er schlug hysterisch auf sein Haar und seinen Körper.

Frito zwinkerte verwundert und packte seinen Ring, setzte ihn aber nicht auf. Spam beugte sich über den hingestreckten Spinner, lächelte und bot ihm die Hand.

»Mit Verlaub«, sagte er, »könnt Ihr uns sagen, wo . . .?«

»O nein, nein, nein! Seht sie euch doch alle an! Überall! Haltet sie mir fern!«

»Wen sollen wir fernhalten?« fragte Mopsi höflich.

»Sie!« schrie der bekümmerte Fremdling und zeigte auf seinen Kopf. Dann sprang er auf seine hornigen Füße und lief direkt mit gesenktem Kopf zum Knutschbaum, rannte wie der Wind darauf zu und rammte den Stamm mit aller Wucht; dann wurde er vor den erstaunten Augen der Boggies ohnmächtig. Frito füllte seinen schmalkrempigen Hut mit klarem Wasser aus einem nahen Rinnsal und ging zu ihm, aber die betäubte Gestalt öffnete die marmorierten Augen und stieß einen weiteren schrillen Schrei aus: »Nein, nein, kein *Wasser*!«

Frito sprang erschreckt zurück, und das knochige Geschöpf rappelte sich mit Händen und Füßen auf.

»Aber jedenfalls vielen Dank«, sagte der seltsame Kauz. »Der Flash hat immer diese Wirkung bei mir.« Er streckte eine drekkige Pfote aus und lächelte zahnlos. »Tim Benzedrin, zu Diensten.«

Frito und die anderen stellten sich feierlich vor und warfen alle einen besorgten Blick auf den Kußbaum, der seine Stempel auf sie richtete.

»Ach, macht euch keine Sorgen über ihn«, meinte Tim, »der ist bloß unwirsch. Seid ihr hier neu in der Gegend?«

Frito erklärte zurückhaltend, sie seien unterwegs nach Brie, hätten sich aber verirrt. »Könnt Ihr uns sagen, wie wir den Weg dahin finden?«

»Na klar«, lachte Tim, »das ist einfach. Aber laßt uns erst in meine Bude gehen. Ich möchte euch mit meiner Süßen bekanntmachen. Sie heißt Haschbeere.«

Die Boggies waren einverstanden, denn ihre Kartoffelsalatvorräte waren alle. Sie nahmen ihre Rucksäcke auf und folgten neugierig dem in wildem Zickzack laufenden Benzedrin, der gelegentlich anhielt, um sich mit einem vielversprechend aussehenden Felsbrocken oder Baumstumpf zu unterhalten, so daß sie dann Zeit hatten, ihn einzuholen. Während sie zwischen den bedrohlichen Bäumen ziellos im Kreis gingen, krächzte Tim Benzedrin kehlig und vernügt:

»Oh, schlank wie nur ein Mandrax-Freak! Und immer glücklich stoned!
O Maid, der jede Pille hilft, mit der ich sie belohnt!
O Junkie mit der weichen Birne, so voll von Aberwitzen,
O mageres Gespenst, die Nägel scharf wie subkutane Spritzen!
Oh, wirres Haar, Pupillen groß wie Eier,
O Blumenmaid, noch immer schlägst du die Leier
Und wanderst im Geist zu mancher fernen Oase!
Oh, wie ich dich, Haschbeere, verstehe, von den Liebesperlen bis zur Nase!«

Kurz darauf kamen sie zu einer Lichtung auf einem niedrigen Hügel. Da stand ein baufälliger alter Schuppen, der wie ein Gummiboot aussah und einen kleinen Schornstein hatte, aus dem in dichten Schwaden ein widerlich grüner Rauch aufstieg.

»Sieh da«, krächzte Tim, »sie ist zu Haus!« Er ging voran, und die anderen folgten ihm zu der wenig einladenden kleinen Hütte. Ein zuckendes weißes Licht blinkte in dem einzigen Fenster ganz oben. Als sie über die mit Zigarettenpapier, zerbrochenen Pfeifen und ausgebrannten Gehirnzellen übersäte Schwelle traten, rief Tim:

»Vier bring ich mit von meinem Pfad,
Halt du den Stoff nun auch parat.«

Aus der rauchigen Tiefe erwiderte eine antwortende Stimme:

»Dann feiern wir und tun 'nen Zug,
Das macht uns fröhlich und superklug!«

Zwischen der schillernden Tapete und den Röhrenblitzlampen sah Frito zuerst nur etwas, das ihm ein Haufen dreckiger Putzlumpen zu sein schien. Aber dann sprach der Haufen wieder:

»Komm, rauch 'ne Pfeife mit der Dirn,
Mach Mus und Käse aus dem Hirn!«

Und dann, als die Boggies die schmerzenden Augen zusammenkniffen, rührte sich der Haufen, setzte sich auf und erwies sich als eine unglaublich magere, hohläugige Frau. Sie sah sie eine Sekunde an, murmelte: »Nicht zu fassen« und fiel unter Perlengeklapper in katatonischem Stupor vornüber.

»Laßt euch von Hasch nicht verrückt machen«, sagte Tim. »Dienstag ist der Tag, an dem sie einen Affen hat.«

Etwas benommen durch die scharfen Dämpfe und die blitzenden Lampen, setzten sich die Boggies mit untergeschlagenen Beinen auf eine schmierige Matratze und baten höflich um etwas Futter, denn sie waren weit gewandert und drau und dran, den Drell zu verzehren.

»Essen?« kicherte Tim und stöberte in einem handgearbeiteten Lederbeutel. »Immer mit der Ruhe, ich werd schon was für euch finden. Wollen wir mal sehen, ach, nanu! Wußte gar nicht, daß wir noch was davon hatten!« Schwerfällig holte er den Inhalt heraus und tat ihn in eine verbogene Radkappe, die er vor sie stellte. Es waren die am fragwürdigsten aussehenden Pilze, die Spam je gesehen hatte, und ziemlich ungehobelt sagte er das auch.

»Das sind die am fragwürdigsten aussehenden Pilze, die ich je gesehen habe«, erklärte er.

Indes gab es in Niedermittelerde kaum etwas, das Spam nicht gelegentlich angeknabbert und dennoch überlebt hatte, so daß er davon berichten konnte, und so langte er zu und schlug sich geräuschvoll den Bauch voll. Farbe und Geruch der Pilze waren merkwürdig, aber sie schmeckten gut, wenn auch ein bißchen muffig, und danach wurden den Boggies runde Bonbons angeboten, die ganz mit kleinen Buchstaben bedruckt waren. (»Sie schmelzen in eurem Hirn, nicht in euren Händen«, kicherte Tim.)

Zu kritischer Masse aufgebläht, machten es sich die gesättigten Boggies gemütlich, während Haschbeere eine Melodie spielte auf einem Ding, das wie ein schwangerer Handwebstuhl aussah. Durch die Mahlzeit besänftigt, war Spam besonders erfreut, als Tim ihm etwas von seiner »eigenen Sondermischung« für seine Pfeife anbot. Merkwürdiges Aroma, dachte Spam, aber lecker.

»Du hast 'ne halbe Stunde«, sagte Tim. »Willst du dich unterhalten?«

»Unterhalten?«

»Reden, meine ich«, erwiderte Tim, während er sich seine Pfeife anzündete, ein großer, umgewandelter Milchseparator voller Klappen und Drehscheiben. »Seid ihr hier, weil dicke Luft ist?«

»Sozusagen«, gab Frito vernünftigerweise zu. »Wir haben hier diesen Ring der Macht und ... ach herrje!« Frito hielt inne, aber zu spät; er konnte es jetzt nicht zurücknehmen.

»Oh, super!« sagte Tim. »Laß mal sehen.«

Widerstrebend gab Frito ihm den Ring.

»Ziemlich billiges Zeug«, fand Tim und warf ihn zurück. »Selbst der Schund, den ich bei den Zwergen versetze, ist besser.«

»Verkauft Ihr Ringe?« fragte Mopsi.

»Klar. Ich habe einen Sandalen- und Amulettladen in der Touristensaison. Damit verdiene ich mir den Stoff für die Wintermonate, versteht ihr, was ich meine?«

»Womöglich werden nicht viele von uns übrigbleiben, um die Wälder aufzusuchen«, sagte Frito ruhig, »wenn Sauerkopfs Pläne nicht vereitelt werden. Wollt Ihr Euch uns anschließen?«

Tim schüttelte sein Haar. »Laß mich zufrieden, Mann. Ich bin Wehrdienstverweigerer ... will keinen Krieg mehr. Kam hierher, um mich vor der Einberufung zu drücken, blickste durch? Wenn mich einer zur Schnecke machen will, sage ich ›super‹ und geb ihm Blumen und Liebesperlen. ›Liebe‹, sag ich zu ihm, ›kein Krieg mehr‹, sag ich. Bin sowieso wehrunfähig.«

»Keinen Mumm mehr!« flüsterte Spam brummend Mopsi zu.

»Nein, Mumm hab ich«, sagte Tim und deutete auf seine Schläfe, »kein Hirn mehr.«

Frito lächelte diplomatisch, wurde aber plötzlich von heftigen Bauchschmerzen befallen. Seine Augen begannen sich zu verdrehen, und ihm wurde sehr schwindlig. *Wahrscheinlich verhext von der süßen Banshee,* dachte er, als seine Ohren mit einemmal wie eine Zwergen-Ladenkasse klingelten. Seine Zunge fühlte sich dick an, und sein Schwanz begann zu vibrieren. Er drehte sich zu Spam um und wollte ihn fragen, ob es ihm auch so gehe.

»Zanken-Ranken Gedanken Gerangel?« fragte Frito.

Aber es machte nichts, denn er sah, daß Spam es sich seltsamerweise in den Kopf gesetzt hatte, sich in einen großen, rosa Drachen zu verwandeln, der einen Anzug mit Weste und einen steifen Strohhut trug.

»Was hast du gesagt, Herr Frito?« fragte das elegante Reptil mit Spams Stimme.

»Faselhans, fuderweise Firlefanz«, sagte Frito verträumt und fand es merkwürdig, daß Spam im Spätherbst einen Strohhut trug. Als er zu den Zwillingen hinübersah, stellte er fest, daß sie sich in Kaffeemaschinen verwandelt hatten, die wie verrückt filterten.

»Fühl mich nicht sehr gut«, sagte der eine.

»Mir ist schlecht«, erklärte der andere.

Tim, jetzt eine sechs Fuß große, recht hübsche Karotte, lachte laut und verwandelte sich in eine Parkuhr. Frito, dem schwindlig war, da eine mächtige Haferschleimwelle sein Gehirn überflutete, achtete nicht auf die Sabberpfütze, die sich auf seinem Schoß sammelte. Es gab eine geräuschlose Explosion zwischen seinen Ohren, und voll Schrecken beobachtete er, wie sich der Raum auszudehnen und zu pulsieren begann wie heißgemachtes Plastilin. Fritos Ohren wuchsen, und seine Arme wurden zu Federballschlägern. Im Fußboden entstanden Löcher, aus denen Erdnußkrokant mit Giftzähnen herauskam. Etwa zwanzig getüpfelte Kakerlaken vollführten auf seinem Magen einen Steptanz. Ein Schweizer Käse wirbelte ihn zweimal im Walzertakt durch den Raum, und seine Nase fiel ab. Frito machte den Mund auf, um etwas zu sagen, und ein Haufen fliegender Regenwürmer kam heraus. Seine Gallenblase sang eine Arie und trommelte ein bißchen auf seinem Blinddarm herum. Er war im Begriff, das Bewußtsein zu verlieren, aber ehe es ganz weg war, hörte er ein sechs Fuß großes Waffeleisen kichern: »Wenn du jetzt dabeibleibst, warte nur, bis der Flash kommt!«

DRITTES KAPITEL

BAUCHWEH IM GASTHAUS ZUM GUTEN FRASS

Der goldene Glanz des späten Morgens wärmte das Gras schon, als Frito endlich aufwachte; sein Kopf war schwer mitgenommen, und der Geschmack in seinem Mund erinnerte an den Boden eines Vogelkäfigs. Als er sich mit schmerzenden Gliedern umsah, erkannte er, daß er und seine drei noch schlafenden Gefährten direkt am Waldrand lagen, und vor ihnen erstreckte sich der vierspurige Karrenweg, auf dem sie nach Brie gelangen würden! Von Tim Benzedrin keine Spur. Frito überlegte sich, ob die Ereignisse des letzten Abends vielleicht der wirre Traum eines Boggies gewesen sein könnten, dem verdorbener Kartoffelsalat auf den Magen geschlagen war. Dann fiel der Blick seiner blutunterlaufenen Augen auf die kleine Tüte neben seinem Rucksack, an der ein bekritzelter Zettel hing. Neugierig las er:

> Lieber Frito,
> Schade, daß du gestern abend so früh gekniffen hast. Hast ein paar super Trips versäumt. Hoffe, mit der Ringgeschichte klappt es.
>
> Frieden,
> Tim
>
> P.S. Hier etwas prima Stoff, den ich euch vermache. Muß Schluß machen, denn Flash kommt oGottoGottoGotto-Gott $5c%^x(a)+==!

Frito guckte in die dreckige Tüte und sah ein paar bunte Bonbon, wie sie sie am Abend gegessen hatten. *Merkwürdig,* dachte

Frito, *aber sie mögen sich als nützlich erweisen. Wer weiß?* Nachdem er seinen Gefährten etwa eine Stunde lang gut zugeredet und sie wieder zur Besinnung gebracht hatte, machten sie sich nach Brie auf und ergingen sich ausgiebig über ihre abendlichen Abenteuer.

Brie war das Hauptdorf des Brielandes, eines kleinen und sumpfigen Bezirks, der hauptsächlich von Maulwürfen und Leuten besiedelt war, die wünschten, sie wären woanders. Das Dorf hatte sich einer kurzen Beliebtheit erfreut, als durch den zufälligen Schluckauf eines Landmessers die vierspurige Interkreis-Mautstraße versehentlich direkt durch das Zentrum des jämmerlichen, kleinen Kaffs gebaut wurde. Damals lebte die Bevölkerung in Saus und Braus durch die Einnahmen aus illegalen Autofallen, Parkverbotsübertretungen und gelegentlichen unverblümten Straßenräubereien. Ein kleiner Touristenstrom aus dem Kobenland führte zum Bau billiger Imbißstuben, schäbiger Souvenirstände und vorgefertigter historischer Grenzsteine. Aber die sich verdichtende Wolke von »Scherereien« aus dem Osten bereitete diesen Geschäften ein plötzliches Ende. Statt dessen kam aus den östlichen Landen ein dünner Strom von Flüchtlingen, die wenig Habseligkeiten und noch weniger Verstand mitbrachten. Da es ihnen nicht lag, sich eine Gelegenheit entgehen zu lassen, arbeiteten die Menschen und Boggies von Brie einträchtig zusammen und schwatzten den mit starkem Akzent sprechenden Einwanderern kürzere Namen und Beteiligungen an Perpetuum mobiles auf. Sie füllten ihre Geldbörsen auch damit, daß sie den wenigen Unglücklichen, die den Ort nicht kannten, Schwarzmarkt-Visas für das Kobenland andrehten.

Die Menschen von Brie waren unterwürfig, untersetzt, plattfüßig und dumm. Da sie dicke Wülste über den Augen hatten und zu ziemlich schlechter Haltung neigten, wurden sie oft fälschlich für Neandertaler gehalten, eine weit verbreitete Verwechslung, die von letzteren sehr übelgenommen wurde. Da sie nicht leicht in Wut gerieten oder sich überhaupt zu etwas aufrafften, lebten sie in Frieden mit ihren Boggie-Nachbarn, die ihrerseits entzückt waren, Leute zu finden, die auf einer noch niedrigeren Evolutionsstufe standen.

Gemeinsam lebten die beiden Völker jetzt von den paar Hellern, die sie durch die illegalen Einwanderer verdienten, und von Almoos, einer weitverbreiteten Frucht, geformt wie eine Bauchspeicheldrüse und ebenso appetitlich.

Das Dorf Brie bestand aus etwa sechs Dutzend kleiner Häuser, von denen die meisten aus Wachspapier und weggeworfenen Korken erbaut waren. Sie standen in einer Art Kreis innerhalb des schützenden Wallgrabens, dessen Gestank allein einen Drachen in hundert Schritt Entfernung umbringen könnte.

Mit zugehaltenen Nasen überquerten die Gefährten die knarrende Zugbrücke und lasen das Schild am Tor:

WILLKOMMEN IM MALERISCHEN, HISTORISCHEN BRIE
BEVÖLKERUNG ~~108482896~~ UND NOCH WACHSEND!

Zwei verschlafene Wachtposten rappelten sich gerade lange genug auf, um den protestierenden Spam um seine restlichen Löffel zu erleichtern. Frito lieferte die Hälfte seiner Zauberbonbons ab, die die Wächter neugierig kauten.

Die Boggies verdrückten sich, ehe die Wirkung eintrat, und machten sich gemäß Gutgolfs Anweisungen zu der orangefarbenen und grünen Lichtreklame in der Stadtmitte auf. Dort fanden sie ein Gasthaus mit knallbuntem Plexiglas und Chrom, dessen aufblinkendes Wirtshausschild einen auf den Hinterbeinen stehenden Eber darstellte, der von einem geifernden Maul verschlungen wurde. Darunter stand der Name des Gasthauses, *Zum guten Fraß & Pension.* Als die Gefährten durch die Drehtür gingen, wurde der Empfangschef auf sie aufmerksam, auf dessen Namensschild stand: *Hallo! Ich bin Hojo Hominigritts!* Wie das übrige Personal war er als Milchferkel kostümiert, mit falschen Schweinsohren, Schwanz und einer Pappschnauze.

»Tag«, sagte der fette Boggie mundfaul. »Wollense 'n Zimmer?«

»Ja«, antwortete Frito und warf seinen Gefährten verstohlen einen Blick zu. »Wir sind in die Stadt gekommen, um ein *bißchen Urlaub* zu machen, nicht wahr, Jungs?«

»Urlaub«, sagte Mopsi und zwinkerte Frito auffällig zu.

»Bloß ein bißchen Urlaub«, bestätigte Pepsi und nickte wie ein Idiot mit dem Kopf.

»Wollen Sie sich bitte alle hier eintragen«, sagte der Empfangschef durch seine falsche Schnauze. Frito nahm den am Tisch angeketteten Federkiel und trug die Namen ALIAS SPITZEL, IWAN MUSSGEHEIM, JOHANN GEISS-SCHMIDT und IMA PSEUDONYM ein.

»Gepäck, Herr . . . Spitzel?«

»Nur die Säcke unter den Augen«, murmelte Frito und wollte sich zum Speisesaal aufmachen.

»Na ja«, kicherte der Empfangschef, »lassen Sie diese Säcke ruhig hier, und *Ring frei* für einen Pagen.«

»Schön«, sagte Frito und eilte von dannen.

»Nun amüsieren Sie sich gut«, rief der Empfangschef hinter ihnen her, »und wenn Sie irgend etwas wünschen, läuten Sie einfach: *Ring frei!*«

Als sie außer Hörweite waren, wandte sich Frito besorgt an Spam. »Meinst du, er *weiß* etwas?« flüsterte er.

»Nö, Herr Frito«, sagte Spam und massierte sich den Magen. »Jetzt wollen wir Futter fassen!«

Die vier gingen in den Speisesaal und setzten sich in eine Nische in der Nähe des prasselnden Propangaskamins, der ewig einen großen Beton-Eber an einem motorisierten Spieß briet. Die sanften Klänge eines schlecht gespielten Muzak wirbelten durch den überfüllten Raum, während die ausgehungerten Boggies die Speisekarte studierten, die sinnreich wie eine werfende Sau gestaltet war. Frito zog »Onkel Schweinchens Grunz-Grunz-Burger auf Brötchen, in reinstem Leinöl flambiert«, in Betracht. Spam aber beäugte indessen die spärlich bekleideten »Ferkelchen«, dralle Mädchen, die als Kellnerinnen fungierten und ebenfalls mit Schwanz, Schweinsohren und -schnauze ausgestattet waren.

Eins der Ferkelchen tauchte am Tisch auf, um die Bestellung entgegenzunehmen, und Spam nahm begierig ihre großen roten Augen, ihre falsche blonde Perücke und die haarigen Beine in Augenschein.

»Wollt ihr Burschen schon bestellen?« fragte das Ferkelchen, unsicher schwankend auf den Pfennigabsätzen.

»Zwei Grunz-Grunz-Burger und zwei Wau-Wau-Tagesplatten bitte«, sagte Frito höflich.

»Etwas für *Ring frei*, ich meine, zu trinken?«

»Vier Orca-Colas bitte.«

»Kapiert.«

Als die Kellnerin abzog, auf ihren Hacken schwankend und über ihre lange, schwarze Degenscheide stolpernd, überblickte Frito die Menge, ob ein Verdächtiger darunter war. Ein paar Boggies, einige schwärzlich aussehende Menschen, ein betrunkener Troll, der an der Theke umgekippt war. Das Übliche.

Frito war beruhigt und erlaubte seinen drei Gefährten, sich mit den anderen Gästen zu unterhalten, ermahnte sie aber, den Mund zu halten über »ihr wißt schon«. Die Kellnerin kam mit Fritos Burger zurück, während Spam in einer Ecke einem Heinzelmännchenpaar witzlose Anekdoten erzählte und die Zwillinge einige schäbig aussehende Kobolde mit ihrer drolligen Pantomime unterhielten, *Der alte Krüppel und seine Töchter*, ein todsicherer Hit im Kobenland. Während eine zunehmende Zahl von Gästen lauthals über ihre obszönen Körperverrenkungen lachte, kaute Frito nachdenklich seinen faden Burger und fragte sich, was das Schicksal des Großen Ringes sein werde, wenn sie nach Brüchigtal und zu Gutgolf kommen würden.

Plötzlich stießen Fritos Zähne auf einen kleinen, harten Gegenstand. Leise fluchend faßte Frito in seinen bebenden Mund und zog einen kleinen Metallzylinder heraus. Er schraubte das obere Ende auf und fand darin einen noch winzigeren Streifen

Mikrovelin, auf dem er folgenden Text entziffern konnte: *Vorsicht! Ihr seid in großer Gefahr! Ihr habt Euch auf eine lange Reise begeben. Bald werdet Ihr einen hochgewachsenen, dunkelhaarigen Waldläufer kennenlernen. Ihr wiegt genau neunundfünfzig Pfund.*

Frito hielt vor Angst den Atem an, und seine Augen suchten den Absender dieser Botschaft. Schließlich fielen sie auf einen hochgewachsenen, dunkelhaarigen Waldläufer, der an der Theke saß, ein doppeltes Kräuterbier unangerührt vor sich. Die hagere Gestalt war ganz in Grau gekleidet, die Augen hinter einer schwarzen Maske verborgen. Patronengurte mit silbernen Kugeln kreuzten sich über seiner Brust, und ein breites Schwert mit perlenbesetztem Heft hing bedrohlich an seiner Hüfte. Als ob er Fritos Blick fühlte, wandte er sich langsam auf seinem Hocker um, sah ihn lange an und legte einen behandschuhten Finger auf den Mund, um Verschwiegenheit zu gebieten. Dann deutete er auf die Tür der Herrentoilette und streckte fünf Finger hoch. FÜNF MINUTEN. Er deutete auf Frito und dann auf sich selbst. Inzwischen hatte sich die Hälfte der Gäste umgedreht, um zuzusehen, denn sie glaubten, da würde eine Art Scharade aufgeführt, und feierten ihn mit Zurufen an wie »Berühmtes Sprichwort?« und »So klingt's!«

Der junge Boggie tat so, als beachte er den Fremden nicht, und las den Zettel noch einmal. *Gefahr*, stand da. Frito starrte nachdenklich auf den Bodensatz von Angelhaken und die freundliche Schaumkrone von gemahlenem Glas auf seiner Orca-Cola. Er vergewisserte sich, daß niemand ihn beobachtete, dann trug er das Glas vorsichtig hinüber zu der großen eingetopften Palme in der Nähe, die es akzeptierte, und stellte es behutsam auf den Fußboden.

Jetzt war Frito wirklich mißtrauisch geworden, schlich aus der Nische und hütete sich, dem dekorativen Monitor zu nahe zu kommen, der in der Mitte des Plastikblumenarrangements untergebracht war. Ungesehen gelangte er in die Toilette, um dort den dunkelhaarigen Fremden zu treffen.

Nachdem er ein paar Minuten gewartet hatte, begannen einige Gäste, die zur Benutzung der sanitären Einrichtungen hereingekommen waren, Frito neugierig zu beäugen, als er da pfeifend und mit den Händen in den Hosentaschen an einer gekachelten Wand lehnte. Damit sie ihm keine Fragen stellten, drehte er sich zu dem Verkaufsautomaten um, der an der Wand hing. »Na, wunderbar«, sagte er hörbar flüsternd, »genau das, was ich gesucht habe!« Dann schickte er sich an, mit wohlbedachter Sorglosigkeit den Apparat mit dem Kleingeld in seiner Hellerbörse in Gang zu setzen.

Nach fünfzehn Vogelpfeifen, acht Zirkeln, sechs Miniatur-Feuerzeugen und vier Päckchen widerlicher kleiner Gummiartikel hörte man ein geheimnisvolles Klopfen an der Tür. Schließlich schrie einer der Gäste aus einer Kabine: »Das ist ja zum Verrücktwerden, laßt den Kerl doch rein!« Die Tür ging auf, das maskierte Gesicht des dunkelhaarigen Fremden erschien, der Frito in eine Ecke winkte.

»Ich habe eine Nachricht für dich, Herr Windbeutel«, sagte der Fremde.

Fritos Burger kam ihm hoch, als er seinen richtigen Namen hörte.

»Aber ... aber ... ich glaube, Sie irren sich, Señor«, begann Frito stockend. »Tut mir sehr leid, aber mein ehrenwerter Name ist nicht ...«

»Diese Nachricht ist von Gutgolf, dem Zauberer«, sagte der Fremde, »wenn der Name, auf den du hörst, *Frito Windbeutel* lautet.«

»Tut er«, gab Frito bestürzt und verängstigt zu.

»Und hast du den Ring?«

»Vielleicht, vielleicht auch nicht«, sagte Frito, um Zeit zu gewinnen. Der Fremde packte Frito an seinen schmalen Revers und hob ihn hoch.

»Und hast du den Ring?«

»Ja, schon«, winselte Frito. »Ja, ich hab ihn! Also laßt mich runter.«

»Habe keine Angst, beschwichtige deine Befürchtungen, verzage nicht und zügele dich«, lachte der Mann. »Ich bin ein Freund von dir.«

»Und Ihr habt eine Nachricht für mich von Gutgolf?« Frito schluckte und merkte, daß sein Burger wieder ein bißchen nach unten rutschte. Der große Mensch zog den Reißverschluß eines Geheimfachs in der Satteltasche auf seiner Schulter auf und gab Frito einen Zettel, auf dem stand:

»Drei kurze Hosen, vier Paar Socken, zwei Hemden, Kettenpanzer, Wäschestärke?« Verärgert riß er dem Boggie den alten Witz aus der Pfote und gab ihm statt dessen ein gefaltetes Pergament. Ein flüchtiger Blick auf die Michaelis-Siegel und Gutgolfs X-Rune, in hartgewordenen Kaugummi gedrückt, bestätigte Frito, wer der Absender war.

Rasch löste er die Siegel und hob den Kaugummi für Spam auf. Für später. Nicht ohne Schwierigkeiten entzifferte er die vertraute Schrift nach der Palmer-Methode. Er las:

> Lieber Frito,
> Die Hellebarde ist gefallen! Die Hirschlosung hat die Windmühle getroffen! Sauerkopfs Nozdruls haben von unserem kleinen Trick Wind bekommen und suchen überall nach »vier Boggies, einer mit einem rosa Schwanz«. Da braucht man keinen Abakus, um sich auszurechnen, daß jemand aus der Schule geplaudert hat. Geh so schnell wie möglich da weg, wo immer Du bist, und verliere nicht, Du weißt schon was. Ich will versuchen, Dich an der Schnabelspitze zu treffen, wenn nicht, dann siehst Du mich in Brüchigtal. Setz Dich jedenfalls nicht in die Nesseln. Und kümmere Dich nicht um Stapfer, er ist ein guter Kerl, rabe ichtn ehrs elleh, wenn Du weißt, was ich meine.
> Muß Schluß machen, hab was auf dem Bunsenbrenner,
> Gutgolf
> P.S. Wie gefällt Dir mein neues Briefpapier? Habe es von der Posaunen-Abt. für ein Kirchenlied bekommen!

Wiederum kam Fritos Grunz-Grunz-Burger ihm hoch. Er kämpfte gegen das Wiedererscheinen zum falschen Zeitpunkt und sagte keuchend: »Dann sind wir hier also nicht sicher?«

»Fürchte dich nicht, kleiner Boggie«, sagte Stapfer, »denn ich, Arabikum von Arabeske, bin bei dir. Gutgolf muß mich in dem Brief erwähnt haben. Ich habe viele Namen ...«

»Das glaube ich gern, Herr Arabeske«, unterbrach ihn Frito, von Panik ergriffen. »Aber es wird schlimm und noch schlimmer, wenn wir hier nicht rauskommen. Ich glaube, jemand in dieser miesen Kneipe will mich skalpieren, und nicht bloß, um mich mit Lanolin einzureiben!«

Als er wieder in die Nische kam, waren Fritos drei Gefährten noch kräftig am Mampfen. Ohne von dem maskierten Fremden Notiz zu nehmen, begrüßte Spam Frito mit einem fettigen Grinsen. »Hab mich schon gewundert, wo du warst«, sagte er. »Willst du mein Wau-Wau mal kosten?«

Fritos Grunz-Grunz trachtete nach Verbrüderung mit Spams Wau-Wau, aber Frito wehrte sich dagegen und machte unter dem Tisch Platz für Stapfers lange X-Beine. Die Boggies sahen Stapfer mit apathischer Interesselosigkeit an.

»Ich wußte gar nicht, daß es schon Zeit zum Sternsingen ist«, sagte Spam.

Frito gebot Stapfers zorniger Hand Halt. »Hört mal«, sagte er rasch, »das ist Stapfer, ein Freund von Gutgolf und unser Freund ...«

»Ich habe viele Namen ...«, begann Stapfer.

»Und er hat viele Namen, aber wir müssen jetzt ...« Frito spürte, daß ein ungeschlachter Kerl hinter ihm lauerte.

»Wollt ihr Heinis jetzt bezahlen?« schnarrte eine unter einer Masse blonden Haars und einer Pappschnauze versteckte Stimme.

»Ja, sicher«, sagte Frito, »und was das Trinkgeld betrifft, ohhhhh ...« Plötzlich griff eine große, klauige Hand in Fritos Tasche.

»Keine Aufregung, Bübchen«, fauchte die Stimme. »Ich sage nur *Ring frei!* Ha, ha, ha, ha!« Frito entrang sich ein schriller Schrei, als dem falschen Ferkelchen die Perücke vom Kopf fiel und er die brennenden roten Augen und das widerliche Grinsen eines Nozdrul sah. Dann starrte er gleichsam hypnotisiert dem riesigen Gespenst in das sabbernde Gesicht und bemerkte, daß alle Zähne messerscharf gespitzt waren. *Seine Zahnarztrechnungen möchte ich nicht haben,* dachte er. Frito sah sich nach Hilfe um, als der riesige Unhold ihn hochhob und seine Taschen nach dem Großen Ring durchsuchte.

»Komm schon, komm schon«, knurrte das Ungeheuer, ungeduldig werdend. »Gib ihn her!« Acht weitere gewaltige Kellnerinnen drängten sich heran, alle mit einem bedrohlichen Satz gut geschärfter Hackebeile bewaffnet. Unerbittlich hielten sie die drei angstbleichen Boggies in Schach. Von Stapfer war nichts zu sehen außer einem Paar mit Sporen versehener Hacken, die unter dem Tisch zitterten.

»So, du Eichhörnchen, gib's her!« zischte der Nozdrul und zückte seine große schwarze Keule. »Ich hab gesagt . . . autsch!« schrie er vor Schmerz, ließ Frito los und machte gleichzeitig einen Luftsprung. Unter dem Tisch kam eine scharfe Klinge mit Widerhaken hervor. Stapfer sprang auf.

»O Dragonbreth! Gilthorpial!« jodelte er und schwenkte sein Hackmesser wie ein Verrückter. Mit seinem unhandlichen Schwert drang er auf das am nächsten stehende Gespenst ein. »Banzai!« schrie er. »Pardon wird nicht erbeten noch gewährt! Verfluchte Torpedos!« Stapfer holte kräftig aus, verfehlte sein Ziel um eine gute Elle und stolperte über seine Schwertscheide.

Die Neun starrten den sich windenden, schäumenden Rasenden mit runden, roten Augen an. Stapfers Anblick flößte ihnen Scheu ein. Sie waren sprachlos. Plötzlich begann einer der verblüfften Kerle zu kichern, dann leise zu lachen. Ein anderer lachte schallend. Zwei weitere schlossen sich laut glucksend an, und schließlich wurden alle Neun von hysterischem, wieherndem Gelächter übermannt. Schnaufend und wütend stand Stapfer auf, stolperte über seinen Umhang und verstreute dabei seine silbernen Kugeln auf dem Fußboden. Der ganze Speisesaal brüllte vor ungläubiger Heiterkeit. Zwei Nozdruls fielen vor lauter Kichern auf den Boden. Andere torkelten herum, große rote Tränen rollten ihnen über die schuppigen Wangen, sie schnappten nach Luft und vermochten ihre Keulen nicht in den Händen zu halten. Ha, ha, ha! Stapfer stand auf, sein Gesicht war krebsrot vor Zorn. Er hob das Schwert, und die Klinge fiel aus dem Heft. Ha, ha, ha! Die Nozdruls wälzten sich vor Lachen auf dem Boden und hielten sich den Bauch. Stapfer setzte die Klinge wieder ein, holte mächtig weit aus und grub die Spitze fest in den Betoneber ein. HA, HA, HA, HA, HA!

Als Frito sah, daß im Augenblick niemand auf ihn achtete, hob er eine der herumliegenden schweren Keulen auf und schickte sich in aller Seelenruhe an, ein paar Schädel zu zertrümmern. Mopsi, Spam und Pepsi folgten seinem Beispiel, mischten sich unter die juchzenden Gespenster und versetzten Lenden und Brotbeuteln aufs Geratewohl Fußtritte.

Schließlich durchschnitt der wahnsinnige Arabikum aus Versehen die Kabel zum Hauptkronleuchter des Raums, wodurch gleichzeitig die Servierwagen der halb bewußtlosen Gespenster direkt darunter stehen blieben und der Raum in völlige Dunkelheit gehüllt wurde. Die Boggies stürzten blindlings zur Tür und zogen in der vorübergehenden Finsternis Stapfer hinter sich her. Im Zickzack an den glühenden Augen vorbeispringend, entkamen sie, rannten atemlos durch dunkle Seitengäßchen und an den schnarchenden Wächtern vorbei, bis sie über die Zugbrücke offenes Gelände erreichten. Während Frito weiterrannte, spürte er, daß die neugierigen Blicke der Dörfler auf ihm und seinen verzweifelten Gefährten ruhten. Er hoffte, sie würden Sauerkopfs Werkzeuge nicht verständigen, und erleichtert sah er, daß sie wenig Notiz von ihnen nahmen und ihren abendlichen Beschäftigungen nachgingen, Signalfeuer anzündeten und Brieftauben freiließen.

Nachdem sie aus der Stadt heraus waren, führte Stapfer sie in dichtes Riedgras und gebot ihnen, sich klein zu machen und leise zu sein, damit sie von Sauerkopfs Agenten nicht gesehen würden, die bald wieder zu sich kommen und die Jagd aufnehmen würden.

Die Gefährten keuchten noch, als der scharfohrige Arabikum den Lautstärkeregler seines Hörgeräts richtig einstellte und den Kopf auf den Boden legte.

»Horcht und sehet«, flüsterte er. »Ich höre neun Reiter in voller Schlachtordnung nahe der Straße galoppieren.« Ein paar Minuten später zockelten zwei müde Ochsen vorbei, aber um Stapfer Gerechtigkeit widerfahren zu lassen: Sie hatten ein ziemlich mörderisch aussehendes Gehörn.

»Die fiesen Nozdruls haben meine Ohren verzaubert«, murmelte Stapfer, als er kleinlaut seine Batterien ersetzte, »aber einstweilen können wir gefahrlos weitergehen.« In diesem Augenblick hallten die donnernden Hufe der gefürchteten Schweinereiter auf der Straße wider. Gerade noch rechtzeitig verzogen sich die Gefährten wieder ins Dickicht, und die rachsüchtigen Verfolger brausten vorbei. Als das Waffengeklirr in der Ferne verklang, tauchten fünf Köpfe wieder über dem Gebüsch auf, und ihre Zähne klapperten wie billige Maracas.

»Das hätte ins Auge gehen können«, sagte Spam. »Fast hätt' ich mir vor Angst in die Hosen gemacht.«

Die Gefährten beschlossen weiterzumarschieren zur Schnabelspitze, ehe die Sonne aufging. Der Mond war in ein Umschlagtuch von dicken Wolken gehüllt, als sie zu dem hohen Gipfel wanderten, einem für sich stehenden Granitfelsen in der Nähe der südlichen Ausläufer der legendären Hartzberge, der von wenigen bestiegen worden war, es sei denn gelegentlich von einem außer Atem geratenen Gassenjungen.

Stapfer schritt in der kühlen Nachtbrise voran, ohne zu sprechen, und geräuschlos bis auf das schwache Klirren seiner verzinkten Sporen. Die Zwillinge waren fasziniert von dem Schwert mit dem perlenbesetzten Heft, das er Krona nannte, Besieger von Dutzenden. Mopsi schlich sich an den mageren, maskierten Mann heran.

»Ein hübscher Totschläger, den Ihr da habt, Herr Arabeske«, sagte der neugierige Boggie.

»Jawohl«, erwiderte Stapfer und beschleunigte seinen Schritt ein bißchen.

»Sieht gar nicht aus wie das, was sonst ans Heer ausgegeben wird. Muß wohl ein Sondermodell sein, stimmt's?«

»Jawohl«, sagte der hochgewachsene Mensch und rümpfte verärgert die Nase.

Flink wie eine Packratte riß Mopsi die Waffe aus der Scheide. »Darf ich es mir mal ansehen?« Ohne mit der Wimper zu zukken, versetzte ihm Stapfer einen so gut gezielten Fußtritt, daß der junge Boggie durch die Luft flog wie ein Pelotaball.

»Nein«, schnauzte Stapfer und steckte seine Klinge wieder in die Scheide.

»Ich glaube, er hat es nicht bös gemeint, Herr Arabeske«, sagte Frito und half Mopsi wieder auf seine Senkfüße. Dann trat ein verlegenes Schweigen ein. Spam, dessen Kenntnis von Kriegsführung sich auf das Quälen der Hühner der Familie in der Kindheit beschränkte, begann dennoch ein Stück eines Liedes zu singen, das er einst gelernt hatte:

»Barbisol war Zwiedors König,
Sein Schwert durchschlug der Feinde Genick.
Doch es ward rostig eines Tages,
Und unter Sauerkopfs Hieb zerbrach es.«

Da rann zur Verwunderung der Boggies eine dicke Träne aus Stapfers Auge, und in der Dunkelheit schluchzte seine Stimme:

»Bergab ging's nun mit Zwiedors Ruhm,
Vorbei des Königs Rittertum.
Die Angst vor Fordor hält uns gepackt,
Solange Krona nicht wieder intakt.«

Den Boggies verschlug es den Atem, und sie sahen ihren Gefährten an, als sähen sie ihn zum erstenmal. Als sie ihn erkannten, erkannten sie auch das legendäre fliehende Kinn und die Raffzähne von Barbisols Nachkommen.

»Dann müßt Ihr der rechtmäßige König von Zwiedor sein«, rief Frito.

Der hochgewachsene Waldläufer sah sie gleichmütig an. »Was du sagst, mag bestätigt werden«, erwiderte er, »aber ich wünsche jetzt keine Erklärung abzugeben, denn es gibt noch einen anderen, oft vergessenen Vers dieses traurigen und trostlosen Liedes:

»Sauerkopf ist nicht zu trauen,
So laß dir nicht in die Karten schauen.
Denn wer zu früh seine Pläne verrät,
Bestimmt in des Schicksals Mühlen gerät.«

Als der junge Frito den eben erst offenbarten Herrscher in seiner bescheidenen Kleidung mühsam dahinwandern sah, wurde er wieder nachdenklich und grübelte lange über die vielfältige Ironie des Lebens nach.

Als der Rand der Sonne am fernen Horizont auftauchte, beschienen ihre ersten zögernden Strahlen die Schnabelspitze. Nach einer Stunde angestrengten Kletterns erreichten sie den Gipfel und ruhten sich dankbar auf dem flachen Granitkegel aus, während Stapfer nach irgendeinem Zeichen von Gutgolf herumstöberte. Als er einen großen grauen Felsblock erforschte, hielt er plötzlich inne und rief Frito. Frito sah sich den Stein an und erkannte den kunstlos in der Oberfläche eingeritzten Totenschädel und daneben die X-Rune des alten Zauberers.

»Gutgolf ist kürzlich hier vorbeigekommen«, sagte Stapfer, »und sofern ich diese Runen nicht falsch lese, meint er, dieser Ort sei ein sicherer Lagerplatz für uns.«

Dennoch legte sich Frito mit nagenden Vorahnungen zur Ruhe. *Aber,* sagte er sich, *er ist ein König und all das.* Die

Brücke über den Gallweinfluß und die Straße nach Brüchigtal waren nicht weit; dort würden sie vor den marodierenden Schweine-Reitern in Sicherheit sein. Schlaf war jetzt längst überfällig, und er seufzte wohlig, als er sich unter einem niedrigen Felsvorsprung zusammenrollte. Bald war er fest eingeschlafen, eingelullt von den leisen *Schnüffel*-Geräuschen und dem Waffengeklirr unten.

»Wach auf! Wach auf! Unholde! Feinde! *Flieh!*« flüsterte jemand und weckte Frito aus seinen Träumen. Stapfers Hand schubste ihn grob. Frito blickte bergab in die angegebene Richtung und sah neun schwarze Gestalten, die langsam und heimlich zu ihrem Versteck heraufkletterten.

»Es scheint, ich habe die Zeichen falsch gelesen«, murmelte der bestürzte Führer. »Bald werden sie uns angreifen, sofern wir ihren Ingrimm nicht ablenken.«

»Wie?« fragte Pepsi.

»Ja, wie?« wollte wer wohl wissen.

Stapfer sah die Boggies an. »Einer der Gefährten muß zurückbleiben, um sie aufzuhalten, während wir zur Brücke rennen.«

»Aber wer . . .?«

»Keine Sorge«, sagte Stapfer rasch. »Ich habe hier in meinem Fehdehandschuh vier Lose, drei lange und ein kurzes für denjenigen, der geop . . . hm . . . für denjenigen, dessen Name im Pantheon der Helden blasoniert werden wird.«

»Vier?« fragte Spam. »Was ist mit Euch?«

Der Waldläufer richtete sich mit großer Würde auf. »Sicherlich«, sagte er, »wünscht ihr mir doch keinen unrechtmäßig erlangten Vorteil angesichts dessen, daß ich die Lose hergestellt habe?«

Das besänftigte die Boggies, und sie zogen die Pfeifenreiniger. Spam zog den kurzen.

»Zwei von dreien«, wimmerte er. Aber seine Gefährten waren schon hinter dem Rand des Gipfels verschwunden und rasten nach unten, so schnell sie konnten. Frito keuchte und schnaufte, und eine dicke Träne rollte ihm über die Wange. Spam würde ihm fehlen.

Der blickte derweil den anderen Abhang hinunter und sah, daß die Nozdruls abgesessen waren und rasch zu ihm heraufkletterten. Er kauerte sich hinter einen Felsen und schrie sie mutig an. »An eurer Stelle«, rief er, »würde ich nicht näher kommen! Ihr werdet es bedauern, wenn ihr's tut.« Die grimmigen Ritter kümmerten sich nicht darum und gingen weiter. »Es wird euch teuer zu stehen kommen«, schrie Spam, nicht gerade sehr überzeugend. Doch die Neun kamen näher, und Spam verlor die Nerven. Er holte sein weißes Taschentuch heraus, schwenkte es und deutete in die Richtung seiner abgehauenen Freunde. »Verschwendet eure Zeit nicht mit mir. Der mit dem Ring flitzt da lang!«

Als er das von unten hörte, zuckte Frito zusammen und nahm seine dicken Beine unter die Arme. Stapfers lange, wenn auch lahme Gliedmaßen hatten ihn schon über die Brücke und ans andere Ufer gebracht in die Sicherheit des neutralen Elbenreichs. Frito sah ihm nach. Er würde es wohl nicht rechtzeitig schaffen.

Sichtgeschützt durch ein Dornengestrüpp beobachtete Stapfer vom Flußufer aus das tödliche Wettrennen.

»Eil dich ein bißchen mehr«, rief er aufmunternd, »denn die Bösewichter sind direkt hinter dir!« Dann hielt er sich die Augen zu.

Das Gerumpel von Schweinefüßen wurde in Fritos Ohren immer lauter, und er konnte das tödliche Schwirren ihrer entsetzlichen *Nozdruville-Schläger* hören. Er legte einen letzten, verzweifelten Spurt ein, stolperte aber und rutschte ein Stück weiter, bis er kurz vor der Grenze liegen blieb. Vor boshaftem Vergnügen schnatternd, kreisten ihn die Neun ein, und ihre schielenden Reittiere grunzten nach Fritos Blut.

»Blut! Blut!« grunzten sie.

Erschreckt blickte Frito auf und sah, wie sie ihn langsam umringten und der Tod in Reichweite war. Der Anführer der Bande, ein großes, vierschrötiges Gespenst mit verchromten

Beinschienen, lachte brutal und hob seine Keule.

»Hi, hi, hi, du dreckiges Nagetier! Jetzt geht der Spaß los!«

Frito duckte sich. »Vielleicht, vielleicht auch nicht«, sagte er – sein beliebtester Bluff.

»Ach!« schrie ein ungeduldiger Nozdrul, der, wie es der Zufall wollte, Achaz hieß. »Los, laßt uns das kleine Ekel fertigmachen. Der Chef sagte, wir sollen ihm den Ring abnehmen und ihn auf der Stelle kaltmachen.«

In Fritos Kopf überschlugen sich die Gedanken. Er beschloß, seine letzte Karte auszuspielen.

»Na, das ist mir schon recht«, sagte Frito, »denn ich möchte wirklich nicht, daß ihr mir Ärmsten auch das noch antut!« Und er ließ seine Augen hervorquellen und wie Kugellager rollen.

»Ha, ha, ha«, lachte ein anderer Reiter, »was glaubst du denn, könnte schlimmer sein als das, was wir mit dir tun *werden*?« Die Unholde kamen näher, um zu hören, was für eine entsetzliche Angst Frito in seinem Busen hegte.

Der Boggie pfiff und tat so, als spielte er Banjo. Dann sang er einen Vers von »Old Man River«, während er mit schlurfenden Schritten hin und her ging, sich den wolligen Kopf kratzte und einen Cakewalk tanzte, sich dabei Wassermelonenkerne aus den Ohren zog, alles im richtigen Rhythmus.

»Tanzen kann er bestimmt«, murmelte einer der Reiter.

»*Sterben* wird er bestimmt«, schrie ein anderer mordgierig.

»Sicher werde ich sterben«, sagte Frito gedehnt, »ihr könnt fast alles mit mir machen, Brüder Nozdrul, *solange ihr mich bitte nicht in das Dornengestrüpp da drüben werft*!«

Da lachten die sadistischen Reiter schallend.

»Wenn es das ist, was dir am meisten Angst macht«, brüllte eine Stimme voller Bosheit, »*dann werden wir genau das tun,* du kleiner Hanswurst!«

Frito wurde von einer hornigen schwarzen Hand gepackt und weit über den Gallweinfluß in das stachelige Gebüsch am anderen Ufer geschleudert. Frohlockend stand er auf, fischte den Ring heraus und überzeugte sich, daß er noch an der Kette hing.

Aber die schlauen Reiter ließen sich durch Fritos List nicht lange täuschen. Sie sprengten auf ihren sabbernden Schweinen zur Brücke, um den Boggie und seinen kostbaren Ring wieder einzufangen. Aber wie Frito voll Verwunderung sah, wurden die Schwarzen Neun am Fuß der Brücke von einer in schimmernde Gewänder gekleideten Gestalt aufgehalten.

»Zoll, bitte«, verlangte die Gestalt von den verblüfften Reitern. Die Verfolger waren von neuem sprachlos, als sie auf ein rasch beschriftetes Schild verwiesen wurden, das an einem Pfosten angenagelt war:

Gemeindebrücke Elbenstadt

Einzelreisende	1 Heller
Zweiachsige Heuwagen	2 Heller
Schwarze Reiter	45 Goldstücke

»Laß uns hinüber!« verlangte ein wütender Nozdrul.

»Gewiß«, erwiderte der Brückenwärter liebenswürdig. »Nun wollen wir mal sehen, da sind eins, zwei ... ach, *neun* seid ihr à fünfundvierzig pro Nase, das macht ... Moment mal, genau vierhundertundfünf Goldmünzen. Bitte in bar.«

Eiligst durchsuchten die Nozdruls ihre Satteltaschen, während ihr Anführer wütend fluchte und frustriert mit seinem Schläger fuchtelte.

»Hör mal«, donnerte er los, »was bildest du dir denn ein, was wir verdienen? Gibt's nicht 'ne Art Rabatt für Beamte?«

»Tut mir leid ...«, lächelte der Brückenwärter.

»Wie wär's mit einem Reisekreditbrief? Die sind so gut wie Gold!«

»Bedaure, das ist eine Brücke und kein Bankgebäude«, erwiderte die Gestalt gleichmütig.

»Mein persönlicher Scheck? Er ist indossiert von der Schatzkammer von Fordor.«

»Ohne Geld kein Übergang, mein Freund.«

Die Nozdruls zitterten vor Zorn, wendeten aber ihre Reittiere und schickten sich an, loszureiten. Ehe sie das Weite suchten, drohte der Anführer indes mit einer knorrigen Faust:

»Das ist nicht das Ende der Geschichte, du Flasche! Du wirst wieder von uns hören!«

Nach diesen Worten gaben die Neun ihren furzenden Säuen die Sporen und ritten in einer großen Wolke von Staub und Kot davon.

Als Frito die schier unmöglichen Vorgänge verfolgte, die ihn vor dem sicheren Tod bewahrt hatten, fragte er sich, wie lange man den Autoren diesen Quatsch noch durchgehen lassen würde. Er war nicht der einzige.

Stapfer und die drei Boggies rannten zu Frito, um ihre Glückwünsche zu seiner Rettung auszusprechen. Dann näherten sie sich dem geheimnisvollen Unbekannten, der ihnen entgegenkam und, als er Stapfer unter ihnen erspähte, die Hände zum Gruß hob und sang:

»O NASA O UCLA! O Etaion Scheru!
O Hinterlegung Beryllium! Pandit J. Nehru!«

Stapfer hob die Hände und antwortete: *»Schanti Billerica!«* Sie gingen aufeinander zu und umarmten sich, tauschten Worte der Freundschaft aus und den geheimen Händedruck.

Die Boggies betrachteten den Fremden interessiert. Er stellte sich ihnen als Garfinkel von den Elben vor. Als er sich seiner Gewänder entledigt hatte, bestaunten die Boggies seine ringgeschmückten Finger, die Ban-Lon-Tunika mit dem offenen Kragen und die silbernen Strandsandalen.

»Ich glaubte, ihr würdet schon vor Tagen kommen«, sagte der Elb, dessen Haar sich lichtete. »Schwierigkeiten unterwegs?«

»Ich könnte ein Buch schreiben«, meinte Frito prophetisch.

»Nun«, sagte Garfinkel, »dann machen wir uns lieber auf die Socken, ehe diese Kitschfilmschurken zurückkommen. Sie mögen dumm sein, aber hartnäckig sind sie bestimmt.«

»Ach, neuerdings?« murrte Frito, der feststellte, daß er in letzter Zeit immer häufiger murrte.

Der Elb sah die Boggies zweifelnd an. »Könnt ihr reiten?« Ohne die Antwort abzuwarten, pfiff er laut durch seine goldenen Zähne. Im hohen Riedgras raschelte es, und mehrere übergewichtige Merinoschafe kamen zum Vorschein und blökten gereizt.

»Sitzt auf«, sagte Garfinkel.

Mehr auf dem Huftier hängend als sitzend, war Frito das Schlußlicht des Reiterzugs vom Gallweinfluß nach Brüchigtal. Er steckte die Hand in die Tasche, fand den Ring, zog ihn heraus und hielt ihn im schwindenden Licht hoch. Schon begann ihn der Ring zu beeinflussen und die Verwandlung zu bewirken, vor der Dildo ihn gewarnt hatte. Er war verstopft.

VIERTES KAPITEL

FINDERFREUDE, FINDERPECH

Nachdem die müden Boggies drei Tage lang hart geritten waren, hatten sie so manche Achtelmeile Vorsprung vor den Schwarzen Reitern und gelangten schließlich zu den niedrigen Hügeln, die das Tal von Brüchigtal mit einer natürlichen Mauer umgaben und es vor gelegentlichen Marodeuren schützten, die zu dumm oder zu klein waren, um die steilen Kuppen und Anhöhen zu erklimmen. Aber ihre Reittiere, die so sicher auf den Füßen waren, bewältigten diese Hindernisse leicht mit kurzen, herzbeklemmenden Sprüngen, und im Handumdrehen hatten Frito und seine Gefährten den Gipfel des letzten Hügels erreicht und blickten hinunter auf die orangefarbenen Dächer und Kuppeln des Elbendorfs. Sie trieben ihre keuchenden Wiederkäuer an und galoppierten den gewundenen Bohlenweg hinunter, der zu Orlons Behausungen führte.

Es war spät am grauen Herbstnachmittag, als die Prozession von Schafreitern nach Brüchigtal kam, angeführt von Garfinkel auf seinem prächtigen, wolligen Hengst Anthrax. Ein häßlicher Wind wehte, und granitharte Hagelkörner fielen aus tiefhängenden Wolken. Als die Gefährten vor dem Hauptgebäude die Zügel anzogen, trat ein Elb von hohem Wuchs, in feinsten Perkal gekleidet und mit Wäsche von blendender Weiße, auf die Veranda heraus und begrüßte sie.

»Willkommen im Letzten Heimeligen Haus östlich der See mit Geschenkboutique«, sagte er. »Minibar in jedem Zimmer.«

Garfinkel und der Elb von hohem Wuchs machten einander lange Nasen, wie es seit eh und je zur Begrüßung in ihrem Volk Brauch war, und tauschten Höflichkeiten auf Elbisch aus. »A syanon esso decca hi hawaya«, sagte Garfinkel und saß behende ab.

»O movado silvathin nytol niceta-seeya«, erwiderte der Elb von hohem Wuchs. Dann wandte er sich an Stapfer und sagte: »Ich bin Orlon.«

»Arabikum Sohn von Arabeske, zu Euren Diensten«, sagte Stapfer und saß schwerfällig ab.

»Und die da?« fragte Orlon und deutete auf die vier Boggies, die auf ihren eingeschlafenen Schafen schliefen.

»Frito und seine Gefährten, Boggies aus dem Kobenland«, sagte Stapfer. Als er seinen Namen hörte, gluckste Frito laut und fiel von seinem Schaf, und der Ring rutschte ihm aus der Tasche und rollte Orlon vor die Füße. Eins der Schafe trottete vor, leckte daran und verwandelte sich in einen Hydranten.

»Oh«, murmelte Orlon und verzog sich ins Haus. Garfinkel folgte ihm in das kleine Gebäude, und ein Schwarm minderer Elben schoß heran. Arabikum lauschte einen Augenblick, dann ging er hinüber zu Spam, Mopsi und Pepsi und weckte sie mit einer Reihe von kurzen Geraden und gezielten Fußtritten. Frito holte seinen Ring wieder und steckte ihn in die Tasche. »Das ist also Brüchigtal«, sagte er und rieb sich verwundert die Augen, als er die seltsamen Elbenhäuser aus vorgespanntem Pfefferkuchen und Stahlbonbon sah.

»Guck mal, Herr Frito«, sagte Spam und deutete die Straße hinauf. »Elben, haufenweise. Ohhh, ich muß wohl träumen. Ich wünschte, der alte Großmaul könnte mich jetzt sehen.«

»Ich wünschte, ich wäre tot«, winselte Pepsi.

»Ich auch«, sagte Mopsi.

»Möge die gute Fee, die im Himmel sitzt, euch jeden Wunsch erfüllen«, sagte Spam.

»Wo ist Gutgolf, möcht ich mal wissen«, wollte Frito wissen.

Garfinkel kam wieder auf die Veranda und zog eine Blechpfeife heraus, auf der er einen einzigen, ohrenzerreißenden und unmelodischen Ton blies, woraufhin die Schafe ziellos davonwanderten.

»Zauberei«, seufzte Spam.

»Folgt mir«, sagte Garfinkel, und er führte Stapfer und die Boggies einen schmalen, schlammigen Pfad entlang, der sich zwischen Gruppen blühender Rhodogravürsträucher und hoher Schuhbäume dahinzog. Als er da ging, roch Frito den flüchtigen Duft von frischgemähtem Heu, vermischt mit Bleichsoda und Senf, und aus weiter Ferne hörte er die zarten, herzzerreißenden Klänge einer Mundharmonika und einige Brocken eines Elbenliedes:

»Ruder, rudert, rudert euren elebethiel Speichel githiel
Mann ein fubar Liederjan Syzygie alles hops
O bringt zurück mein sucaryl Penna Ariz Fla Mass.«

Am Ende des Pfades stand ein kleiner Bungalow aus poliertem türkischen Honig, der von einem Beet mit Glasblumen umgeben war. Garfinkel klinkte die Lutschstange der Tür auf und ließ die Gefährten eintreten. Sie befanden sich in einem großen Raum, der das ganze kleine Haus einnahm. An den Wänden standen viele Betten, die aussahen, als hätten kürzlich lasterhafte Känguruhs darin geschlafen, und in den Ecken waren ein paar einzelne Stühle und Tische aufgestellt, die ganz deutlich die Hand und den Fuß elbischer Handwerker verrieten. In der Mitte des Raums stand ein großer Tisch, der übersät war mit den Überbleibseln eines gewalttätigen Canastaspiels mit drei Paketen Karten sowie mit einigen Schüsseln mit künstlichen Früchten, die man auf fünfzig Meter Entfernung nicht für echte hätte halten können. Mopsi und Pepsi aßen sie sofort.

»Macht es euch gemütlich«, sagte Garfinkel, ehe er ging. »Das Zimmer ist bis drei Uhr zu räumen.«

Stapfer ließ sich auf einen Stuhl fallen, der sich mit einem gedämpften Knacken unter ihm zusammenfaltete.

Garfinkel war noch nicht länger als fünf Minuten weg, als an der Tür geklopft wurde, und Spam ging etwas gereizt hin, um zu öffnen. »Wehe, wenn das nicht was zu essen ist«, murmelte er, »denn ich hab' Hunger.«

Er riß die Tür auf, und da stand ein geheimnisvoller Fremder in einem langen grauen Umhang mit Kapuze, der eine Brille mit dicken, dunklen Gläsern trug, und eine falsche Nase aus Gummi baumelte wenig überzeugend am Nasenrücken. Außerdem hatte er einen Pappschnurrbart, einen Staubwedel als Perücke und einen großen, handgemalten Schlips mit dem Bild einer Elbenmaid. In der linken Hand hielt er einen Mashie-Niblick, und an den Füßen trug er Badepantoffeln. Er rauchte eine dicke Zigarre.

Spam fuhr erstaunt zurück, und Stapfer, Mopsi, Pepsi und Frito schrien unisono: »Gutgolf!«

Der alte Mann schlurfte herein, warf seine Verkleidungen ab, und zum Vorschein kam der vertraute Gesundbeter und Schwindelmeier. »Siehe da, ich bin's«, gab der Zauberer zu und zupfte ein paar Saiten aus seinem Haar. Dann ging er herum und schüttelte allen sehr kräftig die Hand, wobei er ihnen einen Schlag mit dem kleinen elektrischen Summer, den er stets in der Handfläche verbarg, verpaßte.

»Ja, ja«, sagte Gutgolf, »hier sind wir also alle wieder.«

»Ich wäre lieber im Darm eines Drachen«, fand Frito.

»Ich hoffe, du hast *ihn* noch«, sagte Gutgolf und faßte Frito scharf ins Auge.

»Meinst du den Ring?«

»Sei still«, befahl Gutgolf mit lauter Stimme. »Sprich weder hier noch anderswo von dem Großen Ring. Wenn Sauerkopfs Spione entdecken würden, daß du, Frito Windbeutel, aus dem Kobenland stammend, den Einen Ring hast, wäre alles verloren. Die Neun Schwarzen Reiter sind wieder unterwegs, und es gibt welche, die behaupten, die Sieben Santinis, die Sechs Gefahrenzeichen und die gesamte Familie Trapp einschließlich des Hundes gesehen zu haben. Selbst die Wände haben Ohren«, sagte er und deutete auf zwei riesige Ohrläppchen, die hinter dem Kaminsims hervorragten.

»Gibt es denn keine Hoffnung?« seufzte Frito. »Gibt es nirgends Sicherheit?«

»Wer kann das wissen?« sagte Gutgolf, und ein Schatten schien über sein Gesicht zu ziehen. »Ich würde mehr sagen«, fuhr er fort, »aber ein Schatten scheint über mein Gesicht gezogen zu sein.« Und dann schwieg er seltsamerweise.

Frito begann zu weinen, und Stapfer beugte sich vor, legte ihm beruhigend die Hand auf die Schulter und sagte: »Fürchte dich nicht, lieber Boggie, ich werde die ganze Zeit bei dir sein, was immer auch geschehen mag.«

»Ganz meinerseits«, sagte Spam und schlief ein.

»Wir auch«, sagten Mopsi und Pepsi gähnend.

Frito blieb untröstlich.

Als die Boggies aus ihrem Nickerchen erwachten, waren Gutgolf und Stapfer weg, und der Mond schien verschwommen durch die Toffeefenster. Sie hatten die Vorhänge schon aufgegessen und begannen gerade mit den Lampenschirmen, als Garfinkel, der in bestes Seihtuch gekleidet war, zurückkam und sie in das Gasthaus führte, das sie bei ihrer Ankunft gesehen hatten. Es war groß und hell erleuchtet, und die Nacht war erfüllt von dem Lärm drinnen. Als sie näher kamen, trat Stille ein, und dann durchdrang das klagende, kratzende Kreischen einer Nasenflöte die Luft.

»Das kann ja kein Schwein aushalten da drinnen«, sagte Spam und hielt sich die Ohren zu.

»Pst«, machte Frito, und eine Stimme begann ein Lied zu singen, das bei den Boggies ein vages Gefühl von Übelkeit hervorrief:

»A Unicel clearasil
Kauderwelsch und Unsinn
O Mennen mylar muriel
Mit heisa juchhe tum gardol
O Yuban necco glamorin?

Enden nytol, vaselin!
Sing nun nonny nembutal.«

Mit einem letzten, piepsenden Wimmern verklang die Musik, und ein halbes Dutzend betäubter Vögel plumste vor Frito auf die Erde.

»Was war das?« fragte Frito.

»Es ist ein Klagelied in der Sprache der Alten Elben«, seufzte Garfinkel. »Es kündet von Unicel und seiner langen und bitteren Suche nach einem sauberen Klosett. ›Gibt es denn hier keine Bedürfnisanstalt?‹ ruft er. ›Gibt es hier keinen Abort?‹ Niemand scheint es zu wissen.«

So sprach Garfinkel und führte die Boggies in Orlons Haus. Sie befanden sich in einer langen Halle mit hohen Dachsparren, in deren Mitte ein unwahrscheinlich langer Tisch stand. An einem Ende des Raums hingen hoch über einem Eichenkamin Bronzeleuchter, in denen feinste Ohrenschmalzkerzen hell sprühten. An dem Tisch saß das übliche Strandgut von Niedermittelerde: Elben, Feen, Marsbewohner, mehrere Frösche, Zwerge, Gnomen, ein paar angebliche Menschen, eine Handvoll Schreckgespenster, mehrere Trolle mit Sonnenbrillen, einige Unholde, die von den Christlichen Szientisten in die Mache genommen worden waren, und ein Drache, dem die Sache stank.

Am Kopf des Tisches saßen Orlon und die Lady Lycra, in Stoffe von blendender Weiße und Pracht gekleidet. Tot sahen sie aus, und doch war dem nicht so, denn Frito fiel auf, daß ihre Augen wie nasse Pilze glänzten. Gebleicht war ihr Haar, so daß es wie Goldrute schimmerte, und ihre Gesichter waren strahlend schön wie die Oberfläche des Mondes. Rings um sie blitzten Zirkone, Granaten und Magneteisenstein wie Sterne. Auf den Köpfen trugen sie seidene Lampenschirme, und auf ihren Stirnen stand mancherlei geschrieben, Schönes und Schmutziges, zum Beispiel »Freie Bahn für Tschiang Kai-scheck« und »Ich liebe meine Frau, wer's glaubt, wird selig«. Sie schliefen.

Links von Orlon saß Gutgolf mit einem roten Fes, erkennbar

als Freimaurer des 32. Grades und Ehren-Shriner, und zu seiner Rechten saß Stapfer in dem weißen Gene-Autry-Anzug eines Waldläufers. Frito wurde ein Platz etwa in der Mitte des langen Tischs zwischen einem äußerst mißgestalteten Zwerg und einem Elben, der wie ein Vogelnest roch, angewiesen, und Mopsi und Pepsi wurden an einen kleinen Tisch in der Ecke mit dem Osterhasen und ein paar Zahnfeen geschickt.

Wie die meisten mythischen Geschöpfe, die in verzauberten Wäldern ohne sichtbaren Lebensunterhalt wohnen, aßen die Elben ziemlich frugal, und Frito war etwas enttäuscht, als er auf seinem Teller ein kleines Häufchen von gemahlenen Nüssen, Rinde und Schmutz fand. Zwar war er wie alle Boggies imstande, alles zu essen, was er mit Gewalt durch seine Kehle brachte, doch zog er Gerichte vor, die nicht zu sehr zappelten, denn selbst eine halb gekochte Maus kann einem Boggie gewöhnlich in zwei von drei Fällen noch entwischen. Kaum hatte er aufgegessen, da drehte sich der zu seiner Rechten sitzende Zwerg zu ihm um und bot ihm zum Gruß eine überaus schuppige Hand. *Sie sitzt am Ende seines Arms,* dachte Frito, als er sie ängstlich schüttelte, *also muß es wohl eine Hand sein.*

»Gimbohr, Grogs Sohn, Euer gehorsamer Diener«, sagte der Zwerg. Als er sich verbeugte, wurde sein Buckel sichtbar. »Möget Ihr immer billig kaufen und teuer verkaufen.«

»Frito, Dildos Sohn, der Eurige«, sagte Frito und zermarterte sich den Kopf, denn ihm fiel die richtige Antwort nicht ein. »Mögen Eure Hämorrhoiden ohne Operation einschrumpfen.«

Der Zwerg sah erstaunt, aber nicht gekränkt aus. »Dann seid Ihr also der Boggie, von dem Gutgolf gesprochen hat, der Ringträger?«

Frito nickte.

»Habt Ihr *ihn* bei Euch?«

»Möchtet Ihr *ihn* gern sehen?« fragte Frito höflich.

»O nein, danke«, sagte Gimbohr. »Ein Onkel von mir hatte einen Zauberkrawattenclip, und einmal mußte er niesen, und die Nase fiel ab.«

Frito faßte besorgt an seine.

»Ich bitte die Störung zu entschuldigen«, sagte der Elb links von ihm und spuckte dem Zwerg genau ins linke Auge, »aber ich konnte nicht umhin, Eure Unterhaltung mit Gabby Hayes mitanzuhören. Seid Ihr tatsächlich der Boggie mit dem Kleinod?«

»Ja«, bestätigte Frito und nieste heftig.

»Gestattet«, sagte der Elb und bot Frito, der jetzt unbezähmbar nieste, Gimbohrs Bart an. »Ich bin Legolam von den Elben des Nördlichen Finsterwaldes.«

»Elbenhund«, zischte Gimbohr und zog seinen Bart zurück.

»Zwergenschwein«, erwiderte Legolam.

»Spielzeugmacher.«

»Goldgräber.«

»Tunte.«

»Ekel.«

»Möchtet Ihr vielleicht einen Witz hören oder ein Lied oder dergleichen?« fragte Frito, dem angst und bange wurde. »Es war einmal ein wandernder Drache, und er kommt auf den Bauernhof, und der Bauer . . .«

»Ein Lied«, fanden Gimbohr und Legolam übereinstimmend.

»Gern«, sagte Frito und versuchte verzweifelt, sich an einige von Dildos Knittelversen zu erinnern. Dann begann er mit piepsiger Stimme zu singen:

Ein Elbenkönig lebte einst,
Saranrap war sein Name.
Bei Mildsumpf hat er die Narks besiegt.
Zu Sauerkopfs großem Grame.

Aus ihren Minen einberufen,
Zogen stämmige Zwerge mit ihm.
Doch als die Schlacht entbrannte,
Fanden sie das nicht legitim.

Refrain: Clearasil, metrecal, lavoris in chorus
Fanden sie das nicht legitim!

Vorm Kampfe haben sie sich gedrückt!
Der König begann zu schelten:
Wenn ich sie erwische, ich zahl's ihnen heim,
Sie sollen's mir entgelten!

An Mut gebrach's den Zwergen,
Doch waren sie mächtig schlau,
Und zur Versöhnung der Elben
Machte der Zwergenfürst Kotau.

Refrain: Hau den Sack, reynoldspack, gardol und duz
Machte der Zwergenfürst Kotau.

Zum König sprach er dann:
Ich schenk dir dieses Zwergenschwert,
Als Zeichen unserer Treue,
Dies Schwert so heiß begehrt.

Clearasil wird es genannt
Und kommt aus unseren Truhen.
Nimm diesen Schatz und laß
Vergangenes nun ruhen.

Refrain: Cadillac, Huckepack, Edsel und Coke,
Vergangenes laß ruhen.

Hab Dank für dieses schöne Schwert,
Ihr Zwerge seid ja wirklich famos,
Sagt der König, und mit einem Streich
Köpft er den Fürsten mühelos.

Seit jenem Tag heißt's überall
In Liedern und Poem,
Ob's Elben oder Zwerge sind:
Trau, schau, wem!

Refrain: Oxydol, geritol, Müsli und Trix
Trau, schau, wem.

Gerade als Frito sein Lied beschloß, raffte sich Orlon plötzlich auf und gebot Schweigen. »Bingo in der Elbenhalle«, sagte er, und das Fest endete.

Frito ging hinüber zu dem Tisch, an dem Mopsi und Pepsi saßen, als eine knochige Hand aus einer eingetopften Palme herauslangte und ihn an der Schulter packte. »Komm mit mir«, sagte Gutgolf, schob einen Palmwedel beiseite und führte den überraschten Boggie durch die Halle und in einen kleinen Raum, der von einem großen Tisch mit Glasplatte fast ganz ausgefüllt war. Orlon und Stapfer hatten schon Platz genommen, und als er und Gutgolf sich hinsetzten, sah Frito zu seiner Verwunderung seine Tischgenossen Gimbohr und Legolam hereinkommen und sich an verschiedene Seiten des Tisches setzen. Ihnen folgte auf dem Fuße ein korpulenter Mensch in schillernden Karottenhosen und sehr spitzen Schuhen. Als letzter kam ein kleiner Kerl in einem knallbunten Hemd, der eine stinkende Elbenzigarre rauchte und ein Scrabble-Spielbrett unter dem Arm hatte.

»Dildo!« rief Frito.

»Ah, Frito, mein Junge«, sagte Dildo und schlug ihm kräftig auf den Rücken. »Also hast du es schließlich geschafft. Gut, gut, gut.« Orlon streckte eine feuchte Handfläche aus, Dildo stöberte in seinen Taschen und zog ein Bündel zerknüllter Geldscheine heraus.

»Zwei, nicht wahr?« fragte er.

»Zehn«, sagte Orlon.

»Stimmt ja, stimmt ja«, sagte Dildo und drückte dem Elben die Scheine in die Hand.

»Das Fest ist schon so lange her«, sagte Frito. »Was hast du inzwischen getrieben?«

»Nicht viel«, antwortete der alte Boggie. »Ein bißchen Scrabble, ein bißchen Päderastie. Schließlich bin ich in Rente.«

»Aber worum geht es eigentlich? Wer sind die Schwarzen Reiter, und was wollen sie von mir? Und was hat der Ring damit zu tun?«

»Viel und wenig, mehr oder weniger, lieber Boggie«, erklärte Orlon. »Aber alles zu seiner Zeit. Diese Vorstandssitzung ist einberufen worden, um solche und andere Fragen zu beantworten, aber im Augenblick will ich nur sagen, daß leider vieles nicht in Ordnung und manches im Gange ist.«

»Die reine Wahrheit«, sagte Gutgolf ernst. »Der Namenlose Nein-Nein breitet sich wieder aus, und die Zeit zum Handeln ist gekommen. Frito, der Ring.«

Frito nickte und zog, Glied für Glied, die Kette aus Büroklammern aus der Tasche. Mit einem kleinen Schwung warf er das unheilvolle Schmuckstück auf den Tisch, wo es mit einem dünnen Klirren landete.

Orlon schnappte nach Luft. »Das Zauber-Dingsbums«, rief er.

»Welchen Beweis gibt es, daß dies *der* Ring ist?« fragte der Mensch mit den spitzen Schuhen.

»Es gibt viele Zeichen, die die Weisen lesen können, Bromosel«, erklärte Gutgolf. »Der Zirkel, die Pfeife, der Zauber-Decodierer – sie sind alle hier. Und dann die Inschrift:

›Grundig blaupunkt luger frug
Watusi snarf hatschi!
Nixon dirksen nasahist
Rebozo boogaloo.‹«

Gutgolfs Stimme war scharf und abweisend geworden. Eine bedrohliche schwarze Wolke erfüllte den Raum. Der dicke, ölige Rauch reizte Frito zum Würgen.

»War das nötig?« fragte Legolam und beförderte die noch blubbernde Rauchgranate mit einem Fußtritt nach draußen.

»Bei Ringen geht's besser mit Hokuspokus«, erwiderte Gutgolf hochmütig.

»Aber was bedeutet das?« fragte Bromosel ziemlich verärgert darüber, daß er im Text als »der Mensch mit den spitzen Schuhen« bezeichnet worden war.

»Es gibt viele Interpretationen«, erklärte Gutgolf. »Ich vermute, daß es entweder heißt ›Der fixe braune Fuchs sprang über den faulen Hund‹ oder ›Tritt nicht auf mich‹.«

Niemand sprach, und im Raum herrschte seltsame Stille.

Schließlich stand Bromosel auf und richtete das Wort an die Versammlung. »Viel ist jetzt klar«, sagte er. »Ich hatte eines Nachts in Minas Troney einen Traum, in dem sieben Kühe sieben Scheffel Weizen fraßen, und als sie fertig waren, stiegen sie auf einen roten Turm, erbrachen sich dreimal und sagten: ›Sag es jetzt und nicht gehetzt, ich bin eine Kuh und ganz ohne Getu.‹ Und dann trat eine weißgekleidete Gestalt vor, die eine Waage in der Hand hatte und von einem kleinen Zettel ablas:

›Wiegst achtzig Kilo, hast kein Gardemaß,
Seite hundertfünfzehn beißt du ins Gras.‹«

»Das ist ernst«, sagte Orlon.

»Nun«, meinte Stapfer, »ist es wohl an der Zeit, daß wir alle unsere Karten auf den Tisch legen«, und nach diesen Worten leerte er einen ausgeblichenen Kleidersack aus, dessen Inhalt er vor sich aufhäufte. Als er fertig war, sah man alle möglichen Dinge, darunter ein zerbrochenes Schwert, ein goldener Arm, ein Schneeflocken-Briefbeschwerer, der Heilige Gral, das Goldene Vlies, das *Gewand*, ein Splitter vom Kreuz Christi und ein gläserner Pantoffel.

»Arabikum, Arabeskes Sohn, Barbisols Erbe und König von Minas Troney, zu Euren Diensten«, sagte er ziemlich laut.

Bromosel sah oben auf die Seite und zuckte zusammen. »Mindestens ein Kapitel kommt noch«, stöhnte er.

»Dann gehört Euch der Ring«, rief Frito und warf ihn gleich in Arabikums Hut.

»Nein, eigentlich nicht«, sagte Arabikum und ließ den Ring an seiner langen Kette baumeln. »Da er Zauberkräfte besitzt, kommt er jemandem zu, der mehr mit dem Hokuspokus-Fidibus-Geschäft vertraut ist. Einem Denker, einem Zauberer zum Beispiel«, und geschickt ließ er den Ring über das obere Ende von Gutgolfs Zauberstab gleiten.

»Ach ja, wahrlich, wahrhaftig«, sagte Gutgolf rasch. »Das heißt, ja und nein. Oder vielleicht ganz einfach nein. Wie jeder Narr sehen kann, ist es ein klarer Fall von habeas corpus oder tibia fibia, denn obwohl dieser spezielle Glücksbringer das Werk eines Zauberers war – Sauerkopfs, um es genau zu sagen –, so sind diese Dinge doch von den Elben erfunden worden, und er hat ihn, wie man sagen könnte, nur als Lizenznehmer hergestellt.«

Orlon hielt den Ring in der Hand, als wäre er eine gereizte Tarantel. »Nein«, sagte er würdevoll, »ich darf diesen großen Preis nicht beanspruchen, denn es heißt ›Finderfreude, Verlierepech‹.« Und er wischte eine unsichtbare Träne weg und warf den Ring so hoch, daß sich die Kette Dildo um den Hals legte.

»Und schlafende Hunde soll man nicht wecken«, sagte Dildo und ließ den Ring in Fritos Tasche gleiten.

»Dann ist das erledigt«, verkündete Orlon. »Frito Windbeutel soll den Ring behalten.«

»Windbeutel?« fragte Legolam. »Windbeutel? Das ist seltsam. Da hat ein häßlicher kleiner Clown auf Händen und Knien im Finsterwald herumgeschnüffelt und nach einem Herrn Windbeutel gesucht. Es war etwas komisch.«

»Merkwürdig«, sagte Gimbohr. »Eine Bande schwarzer Riesen, die auf großen Schweinen ritt, kam vorigen Monat ins Gebirge und suchte einen Boggie mit Namen Windbeutel. Ich habe gar nicht mehr daran gedacht.«

»Auch das ist ernst«, erklärte Orlon. »Es ist nur noch eine Frage der Zeit, ehe sie hierherkommen«, sagte er, zog sich einen Schal über den Kopf und machte eine Gebärde, als würfe er einem Hai etwas von versöhnlicher Art hin, »und als Neutrale hätten wir keine Wahl . . .«

Frito erschauerte.

»Der Ring und sein Träger müssen fortgehen«, stimmte Gutgolf zu, »aber wohin? Wer soll den Ring aufbewahren?«

»Die Elben«, sagte Gimbohr.

»Die Zwerge«, sagte Legolam.

»Die Zauberer«, sagte Arabikum.

»Die Menschen in Zwiedor«, sagte Gutgolf.

»Da bleibt nur Fordor übrig«, sagte Orlon. »Aber selbst ein geistig zurückgebliebener Troll würde da nicht hingehen.«

»Nicht mal ein Zwerg«, gab Legolam zu.

Frito spürte plötzlich, daß alle Augen auf ihm ruhten. »Könnten wir ihn nicht einfach in einen Regenwasserkanal werfen oder ihn versetzen und den Pfandschein kauen und runterschlukken?« fragte er.

»Ach«, sagte Gutgolf gewichtig, »so einfach ist das nicht.«

»Warum?«

»Leider«, erklärte Gutgolf.

»Ja, o weh, o weh«, bestätigte Orlon.

»Aber fürchte dich nicht, lieber Boggie«, fuhr Orlon fort, »du sollst nicht allein gehen.«

»Der gute alte Gimbohr wird mit dir gehen«, sagte Legolam.

»Und der furchtlose Legolam«, sagte Gimbohr.

»Und der edle König Arabikum«, sagte Bromosel.

»Und der getreue Bromosel«, sagte Arabikum.

»Und Mopsi, Pepsi und Spam«, sagte Dildo.

»Und Gutgolf Grauzähne«, fügte Orlon hinzu.

»In der Tat«, sagte Gutgolf und funkelte Orlon an; wenn

Blicke töten könnten, wäre es um den alten Elben geschehen gewesen.

»So sei es. Ihr sollt aufbrechen, wenn die Vorzeichen günstig sind«, sagte Orlon, während er ein Taschen-Horoskop zu Rate zog, »und wenn ich mich nicht sehr irre, werden sie in einer halben Stunde unübertroffen sein.«

Frito stöhnte. »Ich wünschte, ich wäre nie geboren worden«, sagte er.

»Sage das nicht, lieber Frito«, rief Orlon, »es war eine glückliche Minute für uns alle, als du geboren wurdest.«

»Na, ich nehme an, es ist Lebewohl«, sagte Dildo und zog Frito beiseite, als sie den Sitzungssaal verließen. »Oder sollte ich ›Auf Wiedersehen‹ sagen? Nein, ich glaube, Lebewohl gibt es ganz gut wieder.«

»Leb wohl, Dildo«, sagte Frito und unterdrückte ein Schluchzen. »Ich wünschte, du würdest mit uns kommen.«

»Ach ja. Aber ich bin jetzt zu alt für derlei Unternehmungen«, sagte der alte Boggie und täuschte eine totale Querschnittslähmung vor. »Jedenfalls habe ich ein paar kleine Geschenke für dich«, und er holte ein schweres Paket heraus, das Frito in Anbetracht von Dildos früheren Abschiedsgeschenken nicht gerade sehr begeistert öffnete. Aber das Paket enthielt nur ein kurzes, versilbertes Schwert, eine kugelsichere Weste voller Mottenlöcher und mehrere abgegriffene Novellen mit Titeln wie *Elben-Wollust* und *Koboldmädchen*.

»Leb wohl, Frito«, sagte Dildo und brachte einen sehr überzeugenden epileptischen Anfall zustande. »Jetzt ist er in deiner Hand, Keuchen, Röcheln, o leg mich unter den grünen Baum, ooooh. Uhhh.«

»Leb wohl, Dildo«, sagte Frito, und mit einem letzten Winken ging er hinaus, um sich den Gefährten anzuschließen. Kaum war er verschwunden, da sprang Dildo leichtfüßig auf, hüpfte in die Halle und summte ein kleines Lied:

Am Boden sitze ich und denk
An gewaltige Schweinereien.
An perverse Zwerge, die ungelenk
Sich so wenig wie Elben kasteien.

Am Boden sitze ich und geb'
Mich wüsten Träumen hin,
Von Drachen mit einem Gummicape,
Und Trollen, die's treiben wie'n Spleen.

Am Boden sitze ich und sehn
Mich nach 'nem guten Thriller
Von Unholden, die aufs Ganze gehn,
Von 'nem Ork, einem richtigen Killer.

Und alldieweil ich am Boden sitz,
Denk ich an so hübsche Dinge
Wie Peitschen, Bumsen, Lederhosen,
Und ans Wichsen, das ich vollbringe.

»Es betrübt mich, euch so früh aufbrechen zu sehen«, sagte Orlon, als sich die Gefährten etwa zwanzig Minuten später um ihre Packschafe geschart hatten. »Aber der Schatten wächst, und eure Reise ist lang. Es ist am besten, sie gleich zu beginnen, in der Nacht. Der Feind hat überall Augen.« Als er so sprach, rollte ein großer, behaarter Augapfel ominös von seinem hohen Sitz im Baum und fiel mit einem lauten Platsch auf den Boden.

Arabikum zog Krona, das Schwert, das geborsten und jetzt eiligst zusammengeklebt war, und schwenkte es über seinem Kopf. »Voran!« rief er. »Nach Fordor!«

»Lebt wohl, lebt wohl!« sagte Orlon ungeduldig.

»Excelsior«, rief Bromosel und blies einen kräftigen Tusch auf seiner Entenpfeife.

»Sayonara«, sagte Orlon. »Aloha. Fort. Hinweg.«

»Kodak khaki no-doz«, rief Gimbohr.

»A dristan nasograph«, schrie Legolam.

»Habeas corpus«, sagte Gutgolf und schwenkte seinen Zauberstab.

»Ich muß mal Kaka«, sagte Pepsi.

»Ich auch«, sagte Mopsi.

»Ich werd euch beiden was mit Kaka«, sagte Spam und griff nach einem Stein.

»Laßt uns gehen«, sagte Frito, und die Gefährten begaben sich im Schritt die Straße von Brüchigtal hinunter. In ein paar kurzen Stunden hatten sie mehrere hundert Fuß zwischen sich und das Gasthaus gebracht, wo Orlon immer noch lächelnd stand. Als sie auf die erste leichte Anhöhe kamen, drehte sich Frito um und schaute zurück über Brüchigtal hinweg. Irgendwo in der schwarzen Ferne lag das Kobenland, und er verspürte eine große Sehnsucht umzukehren, wie sie ein Hund verspüren könnte, wenn ihm lange vergessenes Erbrochenes einfällt.

Während er noch hinblickte, ging der Mond auf, es gab einen Meteorenschauer und ein prächtiges Nordlicht, ein Hahn krähte dreimal, es donnerte, eine Schar Gänse flog in Hakenkreuzform vorbei, und eine riesige Hand schrieb *Mene, mene, was bedeutet es dir?* in riesigen silbernen Buchstaben an den Himmel. Plötzlich hatte Frito das überwältigende Gefühl, er sei an einem Wendepunkt angelangt, ein altes Kapitel seines Lebens ende und ein neues beginne. »Los, du Biest«, sagte er und trat dem Packtier in die Nieren, und als der große Vierfüßer rückwärts gen Osten voranstolperte, hörte man, wie sich in der Tiefe des umgebenden Waldes ein großer Vogel kurz, aber geräuschvoll erbrach.

FÜNFTES KAPITEL

EINIGE UNGEHEUER

Viele Tage lang wanderten die Gefährten nach Süden und verließen sich dabei auf die Augen des Waldläufers Arabikum, die scharfen Ohren der Boggies und Gutgolfs Weisheit. Zwei Wochen nach ihrem Aufbruch gelangten sie zu einer großen Wegkreuzung und hielten an, um zu entscheiden, auf welchem Weg sie das hoch aufragende Mehlgebirge am besten überqueren könnten.

Arabikum schielte in die Ferne. »Sieh da, der grimmige Berg Wüstarsch«, sagte er und deutete auf einen großen Meilenstein einige hundert Ellen weiter an der Straße.

»Dann müssen wir nach Osten gehen«, sagte Gutgolf und wies mit seinem Zauberstab dorthin, wo die Sonne in einer Masse von Meerwolken rot unterging.

Eine Ente flog schnatternd über sie hinweg. »Wölfe«, schrie Pepsi, bemüht, das schwächer werdende Geräusch zu hören.

»Am besten schlagen wir hier unser Nachtlager auf«, sagte Arabikum und ließ seinen Rucksack schwer auf den Boden fallen, wo er eine Brillenschlange zerquetschte. »Morgen müssen wir den hohen Paß über das Gebirge suchen.«

Ein paar Minuten später saß die Gemeinschaft mitten auf der Wegkreuzung um ein helles Feuer, über dem ein Kaninchen aus Gutgolfs Requisiten fröhlich briet. »Endlich ein richtiges Feuer, darauf könnt ihr euch verlassen«, sagte Spam und warf eine Klapperschlange auf die munteren Flammen. »Ich schätze, keiner von Herrn Pepsis Wölfen wird uns heut nacht belästigen.«

Pepsi höhnte wütend: »Ein Wolf müßte schon mächtig ausgehungert sein, um einen Pferdeapfel wie dich zu fressen«, und warf nach Spam mit einem Stein, der ihn um mehrere Fuß verfehlte und einen Puma betäubte. Hoch über ihren Köpfen kreisend und ungesehen von der Gemeinschaft, guckte der Anführer einer Schar schwarzer Späherkrähen durch sein Fernglas, fluchte in der rauhen Sprache seiner Gattung und schwor für den Rest seines Lebens dem Champagner ab.

»Wo sind wir und wohin gehen wir?« fragte Frito.

»Wir sind an einer großen Wegkreuzung«, antwortete der Zauberer und zog aus seinen Gewändern einen zerbeulten Sextanten heraus und visierte den Mond, Arabikums Cowboyhut und Gimbohrs Oberlippe an. »Bald werden wir einen Berg oder einen Fluß überqueren und in ein anderes Land gelangen.«

Arabikum ging zu Frito hinüber. »Fürchte dich nicht«, sagte er und setzte sich auf einen Wolf, »wir werden dich heil und sicher ans Ziel bringen.«

Der nächste Tag brach klar und hell an, wie es oft der Fall ist, wenn es nicht regnet, und die Stimmung der Gefährten hob sich beträchtlich. Nach einem frugalen Frühstück mit Milch und Honig machten sie sich im Gänsemarsch hinter Arabikum und Gutgolf auf den Weg, und Spam bildete die Nachhut.

»Oh, hätte ich doch etwas Mintsoße«, klagte er.

Die Gefährten legten viele Leguas[1] auf der breiten, gut gepflasterten Straße zurück, die nach Osten zu den Schweißfüßen des Nebelgebirges führte, und später am Nachmittag kamen sie zu den ersten niedrigen Kniehügeln. Dort verschwand die Straße auf einmal in einer Menge Geröll und den Ruinen eines alten Zollhauses. Arabikum gebot halt, und die Gefährten sammelten sich, um die abschreckende Landschaft zu betrachten.

»Das ist eine üble Gegend, fürchte ich«, sagte Arabikum und rutschte auf der klebrigen schwarzen Farbe aus, die jeden Zoll des Landes bedeckte.

»Es ist das Schwarze Tal«, sagte Gutgolf ernst.

[1] Eine Legua mißt ungefähr drei Ruten oder nur einen Knoten weniger als ein Hektar.

»Sind wir schon in Fordor?« fragte Frito hoffnungsvoll.

»Erwähne jenes schwarze Land nicht in diesem schwarzen Land«, sagte der Zauberer geheimnisvoll. »Nein, das hier ist nicht Fordor, doch scheint dieses Land mit dem Feind aller rechtschaffenen Leute in Berührung gekommen zu sein.«

»Es ist ruhig«, sagte Gimbohr.

»Wir können hier nicht bleiben«, meinte Arabikum.

»Nein«, stimmte Bromosel zu, dessen Blick von der grauen Seite zu der dicken Hälfte des Buches wanderte, die der Leser noch in der rechten Hand hält. »Wir haben noch einen weiten Weg vor uns.«

Nachdem die Gefährten über eine Stunde auf dem steilen, steinigen Hang herumgeklettert waren, gelangten sie, müde und geschwärzt, auf ein langes Gesims zwischen einer steilen Felswand und einem Tümpel, dessen Oberfläche mit einer dicken Ölschicht bedeckt war. In eben diesem Augenblick sahen sie, wie ein großer Schwimmvogel mit breiten Flügeln auf dem stinkigen Wasser niederging und mit einem sanften Plumps versank.

»Laßt uns weitereilen«, sagte Gutgolf. »Der Paß kann nicht mehr fern sein.«

Nach diesen Worten führte er sie um einen Felsenvorsprung herum, der vor ihnen in den Tümpel hineinragte und den übrigen Berghang den Blicken entzog. Das Gesims wurde schmaler, als es sich um den Vorsprung herumzog, und die Gefährten konnten sich den Weg nur zollweise bahnen. Hinter der Biegung sahen sie die ganze Bergwand Hunderte von Fuß hoch vor sich aufragen. Eingehauen in den Felsen war der Eingang zu einer unterirdischen Höhle, listig verborgen durch eine gewaltige Holztür mit schmiedeeisernen Angeln und einem großen Knauf. Auf der Tür war ein seltsamer Schwur zu lesen, zierlich geschrieben in den Palmer-Runen der Zwerge, und die Tür war so wunderbar konstruiert, daß der winzige Spalt zwischen Holz und Stein aus hundert Fuß Entfernung völlig unsichtbar war. Die Inschrift lautete:

Fergus sprach diese Worte, und er sagte: »Dies soll mein Kredo sein, nach dem ich mein Leben führen werde, als wäre es ein leuchtendes Beispiel an Tugend und Vortrefflichkeit, wohl würdig im Himmel heilig gehalten zu werden als Vorbild für alle, die weise genug sind, es zu befolgen. Mein Kredo soll wie Gallien dreigeteilt werden. Erstens werde ich mich immer darauf beschränken, mich nur um meine Angelegenheiten zu kümmern. Zweitens werde ich mich jederzeit und überall bemühen, mich auf möglichst eigennützige Weise aus allem herauszuhalten. Drittens und letztens werde ich mich immer aufs äußerste befleissigen, niemandem unter die Arme zu greifen.«

Arabikum rang nach Luft. »Die Schwarze Grube«, rief er.

»Ja«, sagte Gimbohr, »das legendäre Nikon-zoom meines Vorfahren Fergus Hirschkot.«

»Fürchte Andrea Doria, Fluch der lebenspendenden Brustwarze«, sagte Legolam.

»Aber wo ist der Paß?« fragte Frito.

»Das Antlitz des Landes hat sich gewandelt, seit ich das letztemal in dieser Gegend war«, sagte Gutgolf rasch, »und wir sind, vielleicht vom Schicksal, etwas irregeführt worden.«

»Es wäre klüger, wieder nach dem Paß zu suchen, schätze ich«, sagte Arabikum. »Er kann nicht weit sein.«

»Dreihundert Kilometer, ein Schilling mehr oder weniger«, erwiderte Gutgolf, ein bißchen verlegen, und während er sprach, glitt das schmale Gesims, auf dem sie aus dem Tal gekommen waren, mit einem leisen Grunzen in den dunklen Tümpel.

»Das hat gerade noch gefehlt«, sagte Bromosel gereizt. »Juhu!« schrie er, »komm und friß uns«, und von ferne antwortete eine tiefe Stimme: »Wir Tiere, wir tun so was.«

»Es ist wahrlich ein grausames Schicksal, das uns hierhergeführt hat«, sagte Arabikum, »oder ein schofliger Zauberer.«

Gutgolf blieb gelassen. »Wir müssen das Zauberwort finden, das diese Tür öffnet, und zwar schnell. Es wird schon dunkel.« Dann hob er seinen Zauberstab und schrie:

»Yuma palo alto napa erin go brae
Tegrin correga cremora olé.«

Die Tür rührte sich nicht, und Frito blickte nervös auf die Masse öliger Blasen, die im Tümpel aufstiegen.

»Hätte ich nur auf meinen Onkel Kaka gehört und wäre Zahnarzt geworden«, jammerte Pepsi.

»Wäre ich zu Hause geblieben, wäre ich jetzt groß im Lexikongeschäft«, greinte Mopsi.

»Und wenn ich zehn Pfund und ein paar Säcke gehabt hätte, wärt ihr beide schon vor einer Stunde zu einem Spaziergang auf diesem Teich aufgebrochen«, sagte Spam.

Gutgolf saß niedergeschlagen vor dem obstinaten Portal und murmelte Zaubersprüche.

»Pismo«, rezitierte er, während er mit seinem Zauberstab auf die Tür schlug »Bitumen. Lazlo. Clayton-Bulwer.« Abgesehen von einem hohlen Bums traf die Tür keine Anstalten, sich zu öffnen.

»Es sieht schlimm aus«, sagte Arabikum.

Plötzlich sprang der Zauberer auf. »Der Knauf!« schrie er, holte das Packschaf, stellte es vor das Tor, kletterte ihm auf den Rücken, hob sich auf Zehenspitzen und drehte mit beiden Händen an dem großen Knauf. Er ließ sich leicht drehen, und mit einem lauten Quietschen öffnete sich die Tür einen Spaltbreit.

Gutgolf kletterte rasch herunter, und Arabikum und Bromosel zerrten die Tür noch ein paar Zoll weiter auf. In diesem Augenblick stieg von der Mitte des Tümpels ein großes Gurgeln und Rülpsen auf, und ein gewaltiges Kordsamt-Ungeheuer erschien mit einem lauten Schluckauf an der Oberfläche.

Die Gefährten standen vor Schreck wie angewurzelt da. Das Geschöpf war ungefähr fünfzig Fuß groß und hatte breite Rockaufschläge, lange baumelnde Partizipien und ein deutlich erkennbares Lexikon.

»O weh!« schrie Legolam. »Ein Thesaurus!«

»Verkrüppeln!« brüllte das Ungeheuer. »Verstümmeln, zerfleischen, zermalmen. Siehe KÖRPERVERLETZUNG.«

»Rasch«, rief Gutgolf, »in die Höhle«, und eiligst schlüpften die Gefährten einer nach dem anderen durch den schmalen Spalt. Als letzter kam Spam, der versuchte, das sich wehrende Schaf durch die Öffnung zu quetschen. Nach zwei hektischen, aber erfolglosen Versuchen hob er den störrischen Grasfresser hoch und warf ihn mir nichts, dir nichts in das gähnende Maul des Ungeheuers.

»Eßbar«, sagte das riesige Geschöpf schmatzend, »genießbar, mundgerecht, bekömmlich. Siehe NAHRUNG.«

»Ich hoffe, du erstickst daran«, sagte Spam verbittert, als ein klares Bild von einer geflügelten Lammkeule ihm durch den Sinn flatterte. Er zwängte sich durch den Türspalt und schloß sich den übrigen Gefährten in der Höhle an. Mit einem lauten Rülpser, der den Boden erschütterte und die Luft mit einem Duft erfüllte, wie man ihn zugleich mit der Wiederentdeckung eines Käses antrifft, der schon längst den Weg allen Fleisches gegangen war, schlug das Biest die Tür zu. Der heftige Knall hallte in den Tiefen des Berges wider, und die kleine Gruppe war von völliger Finsternis umgeben.

Gutgolf zog rasch eine Zunderbüchse aus seinen Gewändern, schlug wie wild Funken an den Wänden und auf dem Fußboden, und es gelang ihm, das Ende seines Zauberstabs anzuzünden, der ein flackerndes Glimmen hervorbrachte, das etwa halb so hell war wie ein totes Glühwürmchen.

»Wahre Hexerei«, sagte Bromosel.

Der Zauberer starrte voraus in die Finsternis, und als er sah, daß es nur einen möglichen Weg gab, nämlich eine Treppe hinauf, ging er den anderen voran in die tiefe Düsternis.

Nachdem sie die lange Treppe vom Tor erklommen hatten, waren sie beträchtlich weit in den Berg hineingewandert auf einem Gang, der meistens abwärts führte und unzählige Male die Richtung änderte, bis die Luft ziemlich heiß und stickig wurde, was die Gefährten sehr verwirrte. Es gab immer noch keine andere Lichtquelle als Gutgolfs flackernden Zauberstab, und das einzige Geräusch waren die unheimlichen Schritte, die ihnen folgten, das schwere Atmen von Nordkoreanern, das Klappern von Kaugummi-Automaten und das übrige Getöse von tiefen, dunklen Orten.

Schließlich kamen sie zu einer Stelle, an der sich der Gang zweiteilte, beide Fortsetzungen führten nach unten, und Gutgolf winkte, sie sollten anhalten. Sofort brach ein ominöses Gurgeln, begleitet von unirdischen Pfeiftönen, aus, das annehmen ließ, die vier Apokalyptischen Reiter spielten keine Elle entfernt eine Freundschaftspartie Bridge.

»Teilen wir uns in zwei Gruppen«, sagte Bromosel.

»Ich hab mir den Knöchel verstaucht«, sagte Pepsi.

»Was immer du tust, mach kein Geräusch«, sagte Arabikum.

»Hatschi!« nieste Mopsi schallend.

»Hier ist nun mein Plan«, sagte Gutgolf.

»Kugeln werden sie nicht aufhalten«, sagte Bromosel.

»Was immer auch geschieht«, sagte Arabikum, »wir müssen scharf aufpassen.«

Wie ein Mann schliefen die Gefährten ein.

Als sie aufwachten, war wieder alles ruhig, und nach einer hastigen Mahlzeit – Kuchen und Bier – widmeten sie sich dem Problem, welchen Weg sie einschlagen sollten. Als sie noch debattierend dastanden, kam aus großer Tiefe ein ständiges Getrommele. *Dribbeln, dribbeln, dribbeln, schießen, Zisch.*

Gleichzeitig wurde die Luft noch heißer und stickiger, und der Boden begann unter ihren Füßen zu beben.

»Es ist keine Zeit zu verlieren«, sagte Gutgolf und sprang auf. »Wir müssen uns entscheiden, und zwar schnell.«

»Ich bin für rechts«, sagte Arabikum.

»Ich für links«, sagte Bromosel.

Bei genauerer Untersuchung stellte sich heraus, daß dem linken Weg auf etwa vierzig Fuß der Fußboden fehlte, und Gutgolf schlug gleich den anderen ein, dicht gefolgt von den übrigen Gefährten. Der Gang führte steil nach unten, und schlechte Vorzeichen von unappetitlicher Art säumten ihn, unter anderem das bleichende Skelett eines Minotaurus, der Körper des Piltdownmenschen und die böse zugerichtete Taschenuhr eines Kaninchens mit der Widmung: »Für Weißchen von der ganzen Wunderland-Bande«.

Bald fiel der Gang sanfter ab, bis er sich zuletzt jäh in eine große Kammer absenkte, an deren Wänden große eiserne Spinde standen und die von einem feurigen Schein schwach erhellt war. Als sie hereinkamen, wurde das Dröhnen lauter: *Dribbeln, dribbeln, antäuschen, dribbeln, antäuschen, schießen.*

Plötzlich stürmte aus dem Gang, durch den die Gefährten gekommen waren, ein großer Trupp Narks in die Halle und griff sie, Hammer und Sichel schwingend, an.

»Jalu, Jalu«, schrie der Anführer und schwenkte ein großes Reisigbündel.

»Du stirbst, G. I.«, rief das Reisigbündel.

»Bleibt hier«, sagte Arabikum. »Ich werde die Lage erkunden.«

»Gebt mir Deckung«, sagte Legolam. »Ich werde sie abwehren.«

»Haltet die Nachhut in Schach«, sagte Gimbohr, »ich übernehme den Gang.«

»Haltet die Stellung«, sagte Gutgolf, »ich mache die Runde.«

»Haltet stand«, sagte Bromosel. »Ich lenke sie ab.«

»Pjongjang Panmunjon«, schrie der Narkhäuptling.

Die Gefährten jagten in wilder Flucht durch die Halle und dann in einen Seitengang, verfolgt von den Narks. Als sie draußen waren, knallte Gutgolf den Narks die Tür vor der Nase zu und verhexte sie schleunigst.

»Hawley Smoot Einfuhrzoll«, sagte er, und als er mit seinem Zauberstab auf die Tür schlug, verschwand sie mit einem qualmigen Puff, und der Zauberer stand direkt vor den verblüfften Narks. Gutgolf holte rasch ein ausführliches Geständnis heraus, unterschrieb es, drückte es dem Häuptling in die Hand und rannte den Gang entlang zu den Gefährten, doch die hatten bereits eine schmale Seilbrücke überquert, die eine tiefe Kluft überspannte.

Als Gutgolf die Brücke betrat, hallte der Gang von einem unheimlichen *dribbeln, dribbeln* wider, und eine große Schar Narks stürmte heran. In ihrer Mitte war ein hoch aufragender dunkler Schatten, der unbeschreiblich grausig war. In der Hand hielt er eine riesige schwarze Kugel, und auf seiner Brust stand in grausamen Runen »Villanova« geschrieben.

»O weh«, schrie Legolam. »Ein Ballhock!«

Gutgolf drehte sich zu dem fürchterlichen Schatten um, und als er das tat, kam dieser langsam auf die Brücke zu und ließ den schrecklichen Ball immer wieder aufprallen. Der Zauberer wich zurück, hielt sich mit einer Hand an den Seilen fest und hob seinen Zauberstaub. »Zurück, du übler Basketballspieler!« schrie er.

Daraufhin beschritt der Ballhock die Brücke, der Zauberer trat zurück, richtete sich zu seiner ganzen Größe auf und sagte: »Fort mit dir, du Sportler!«

Arabikum zog Krona. »Er kann die Brücke nicht halten«, schrie er und stürzte vor.

»E pluribus unum«, rief Bromosel und rannte ihm nach.

»Esso extra«, sagte Legolam und sprang hinter ihn.

»Kaiser Frazer«, schrie Gimbohr und schloß sich ihnen an.

Der Ballhock sprang vor, hob den schrecklichen Ball über den Kopf und stieß einen Triumphschrei aus.

»Dulce et decorum«, sagte Bromosel und hieb auf die Brücke ein.

»Das ist viel, viel besser«, sagte Legolam und durchschnitt den Laufgang.

»Näher, mein Gott, zu dir«, summte Gimbohr und durchtrennte die letzte Verspannung mit einem raschen Axthieb.

Mit einem lauten Knall brach die Brücke zusammen und riß Gutgolf und den Ballhock mit in den Abgrund. Arabikum wandte sich ab, unterdrückte ein Schluchzen und rannte, dicht gefolgt von den übrigen Gefährten, den Gang entlang. Als sie um eine Ecke kamen, wurden sie geblendet von einem plötzlichen Sonnenstrahl, und nachdem sie in wenigen kurzen Minuten einen schlafenden Narkwächter ins Jenseits befördert hatten, kletterten sie zum Tor hinaus und die östliche Treppe hinunter.

Die Treppe verlief neben einem sirupartigen Bach, in dem große Klumpen von buntem, klebrigem Zeug unheimlich auf und ab tanzten. Legolam blieb stehen und spuckte wehmütig hinein.

»Es ist der Spumoni«, erklärte er, »den die Elben lieben. Trinkt nicht davon, man bekommt davon Löcher in den Zähnen.«

Die Gefährten eilten weiter in das flache Tal und standen nach weniger als einer Stunde am Westufer des Flusses Nesselrode, den die Zwerge Nasalspray nennen. Arabikum gebot Halt. Die Stufen, die vom Berg herabgeführt hatten, hörten abrupt am Fluß auf, und auf beiden Seiten des schmalen Weges fielen die Hügel in weite, kahle Ebenen voller Aufziehgötter, Delphine mit Matrosenmützen und Straßenverzeichnisse ab.

»Ich fürchte, wir sind in eine auf keiner Karte verzeichnete Gegend gekommen«, sagte Arabikum, schirmte die Augen mit der Hand ab und starrte in die Ferne. »Ach, daß Gutgolf nicht hier ist, um uns zu führen.«

»Das sind wirklich hartgesottene Possenreißer«, stimmte Bromosel zu.

»Da drüben liegt Lornadon, das Land der kaputten Elben«, sagte Legolam und deutete über den Fluß hinweg auf einen struppig aussehenden Wald aus Rüstern und knorrigen Kiefern. »Gutgolf hätte uns sicher dort hingeführt.«

Bromosel tauchte einen Fuß in den träge fließenden Fluß, und ein Fischstäbchen und eine Portion gebratene Muscheln sprangen in die Luft.

»Hexenwerk!« schrie Gimbohr, als ein Thunfischburger an seinem Ohr vorbeiflog. »Zauberei! Teufelei! Isolationismus! Freie Silberprägung!«

»Jawohl«, sagte Legolam, »der Fluß ist verzaubert, denn er ist nach der schönen Elbenmaid Nesselrode benannt, die in Menthol verknallt war, den Gott der Nachtisch-Drinks. Aber die böse Oxydol, Göttin der Sicheren Stiche und Klein-Schlemms, erschien ihr in Gestalt eines 5er Golfschlägers und sagte ihr, daß Menthol es gleichzeitig mit der Prinzessin Phisohex treibe, der Tochter des Königs Sano. Daraufhin ergrimmte Nesselrode und schwor einen feierlichen Eid, Phisohex eins auszuwischen und ihre Mutter Cinerama, Göttin der kurzfristigen Kredite, zu veranlassen, Menthol in einen Bohrturm zu verwandeln. Aber Menthol erfuhr von dem Komplott und kam, als Kühlschrank verkleidet, zu Nesselrode, verwandelte sie in einen Fluß und ging in den Westen, um Enzyklopädien zu verkaufen. Noch jetzt weint der Fluß im Frühjahr leise: ›Menthol, Menthol, du bist ein Hatschi. Eben war ich noch die Elbenmaid von nebenan, und dann bin ich plötzlich ein Fluß. Du bist widerlich.‹ Und der Wind antwortete: ›Pfui‹.«

»Eine traurige Geschichte«, sagte Frito. »Ist sie wahr?«

»Nein«, antwortete Legolam. »Es gibt auch ein Lied«, und er begann zu singen:

Es war einmal eine Elbenmaid,
Verdingt als Tippmamsell.
Ihr Haar war gefärbt, schön bunt ihr Kleid,
Ihr Parfüm roch kriminell.

Die Kunst, die ihr am besten gefiel,
War das gekonnte Schminken.
Sie schätzte dabei das Farbenspiel,
Im Spiegel ließ sie es blinken.

Im Kopf nichts als Männer und Kleider,
Wollt' sie jene mit diesen verlocken,
Verbrachte viel Zeit beim Schneider
Und beim Friseur für die Locken.

Eines Tages traf sie 'nen Elbengalan,
Der nahm sie mit ins Theater.
Er sagte, er sei ihr sehr zugetan
Und habe 'ne Wohnung am Prater.

An jenem Abend schon gab sie sich hin
Auf dem Rücksitz in seinem Wagen.
›An den Rechten gewiß ich geraten bin,
Reich, wie er ist, kann ich's wagen.‹

Doch dann erklärt er ihr kurzerhand,
Er sei bereits verlobt,
Und dabei grinste er recht mokant.
Wie hat unsre Maid da getobt!

Mit dem Bus fuhr sie allein nach Haus,
Es war schon im Morgengrauen,
Und zog die Folgerung daraus:
Nie soll man den Männern trauen!

»Am besten gehen wir noch vor Einbruch der Nacht hinüber«, sagte Arabikum schließlich. »Es gibt Berichte über Baseball-Übungsspiele und erpresserische Schiedsrichter in dieser Gegend.« Er ergriff seinen Kulturbeutel und watete in das suppige Wasser, und die Gefährten folgten ihm. Der Fluß war nirgends tiefer als ein paar Fuß, und den Boggies fiel es nicht schwer, hinüberzukommen.

»Das ist wirklich ein seltsamer Fluß«, sagte Bromosel, als das Wasser gegen seine Oberschenkel plätscherte.

Am anderen Ufer fanden sie ein Dickicht toter Bäume, an denen Schilder in Elberanto hingen, die besagten: »Kommt in das sagenhafte Elben-Dorf«, »Besucht die Schlangenfarm«, »Versäumt den Weihnachtsmarkt nicht« und »Haltet unseren Wald verzaubert!«

»Lalornadon, Lalornadon«, seufzte Legolam, »das Wunder von Niedermittelerde!«

Daraufhin öffnete sich eine Tür im Stamm eines großen Baums und gewährte Einblick in einen kleinen Raum voller Postkartenständer, laut tickender Kuckucksuhren und Ahornzuckerbonbons. Ein schmierig aussehender Elb kam hinter einer Toffeemaschine hervor.

»Touristenzentrum«, sagte er und verbeugte sich tief. »Mein Name ist Pentel.«

»Gerade herübergekommen, conastoga«, sagte Legolam.

»So, so«, sagte der Elb und hustete wichtigtuerisch, »es ist etwas außerhalb der Saison, nicht wahr?«

»Wir sind nur auf der Durchreise«, sagte Arabikum.

»Spielt keine Rolle«, unterbrach ihn Pentel. »Es gibt viel zu sehen, viel zu sehen. Links der versteinerte Baum, rechts der Echo-Felsen und die Natürliche Brücke, und geradeaus der Alte Wunschbrunnen.«

»Wir sind aus Doria gekommen«, fuhr Arabikum fort. »Wir sind auf dem Weg nach Fordor.«

Der Elb erbleichte. »Ich hoffe, Ihr habt Euren Besuch im Zauberland Lornadon genossen«, sagt er rasch und übergab ihnen ein Bündel Prospekte und Packpferd-Ankleber, dann sprang er in den Baum, schlug die Tür zu und verriegelte sie.

»Es sind unruhige Zeiten«, sagte Arabikum.

Legolam schlug einen der Prospekte auf und vertiefte sich in eine Landkarte. »Es ist nicht weit zum Elben-Dorf«, sagte er schließlich, »und sofern der Ort nicht in andere Hände übergegangen ist, wohnen dort noch Orlons Verwandte, Cellophan und die Herrin Lavalier.«

»Elben«, brummte Spam. »Jetzt sage ich nicht, daß Sauerkopf recht hat, aber ich sage auch nicht, daß er unrecht hat, wenn ihr meinen Gedankengang versteht.«

»Halt den Mund«, sagte Legolam ernst.

Nachdem sie hastig etwas Weihrauch und Myrrhe zu sich genommen hatten, schlugen die Gefährten einen breiten Weg ein, den Legolam auf der Karte als Schreckenspfad eingetragen fand, und von Zeit zu Zeit taumelten mechanische Drachen und Unholde schwankend aus Gummisträuchern heraus und gähnten und grunzten. Aber selbst die Boggies blieben gelassen bei diesen Angriffen, und nach wenigen Stunden kamen die Wanderer an den Saum eines kleinen Hains aus sehr versteinert aussehenden Bäumen, an deren seltsam symmetrischen Ästen stark korrodierte Kupferblätter in nicht überzeugenden Büscheln herabhingen.

Als die Gefährten staunend dastanden, erschien der Kopf einer Elbenmaid an einem Erkerfenster in dem am nächsten stehenden Baum, und in der alten Sprache der Elben rief sie: *»Gruoz allen Wandelen.«*

»Sind mehr wie Ihr daheim?« fragte Legolam und machte damit die korrekte Erwiderung.

Einen Augenblick später öffnete sich die Tür des großen Baums, und ein knirpsiger Elb kam heraus. »Cellophan und Lavalier erwarten euch oben«, sagte er und führte die Gefährten in den breiten Stamm. Der Baum war völlig hohl und innen mit einer Tapete mit Backsteinmuster ausgekleidet. Durch ein Loch in der Decke konnte man auf einer Wendeltreppe in ein oberes Stockwerk gelangen, und der Elb forderte sie mit einem Wink auf, die schmalen Stufen hinaufzusteigen. Als sie oben ankamen, befanden sie sich in einem Raum, der ungefähr so dekoriert war wie der untere, aber hell erleuchtet durch große Wagenrad-Kronleuchter, die von dem hohen Dach herabhingen. Auf zwei Baumstümpfen am Ende des Raums saßen Cellophan und Lavalier, in prächtigen Musselin gekleidet.

»Willkommen in Lornadon«, sagte Lavalier, und als sie langsam aufstand, kam sie den Gefährten so schön vor wie ein junger Baum oder eine Zwergeiche. Sie hatte prächtiges kastanienbraunes Haar, und wenn sie den Kopf schüttelte, fielen ganze Handvoll prächtiger Kastanien wie Regen auf den Fußboden. Frito spielte mit dem Ring und staunte über ihre große Schönheit. Als er da wie in einer Trance stand, drehte sich Lavalier zu ihm um und sah, daß er mit dem Ring spielte und über ihre große Schönheit staunte.

»Ich sehe, Frito«, sagte sie, »daß du, während du mit dem Ring spielst, über meine große Schönheit staunst.«

Frito stockte der Atem.

»Fürchte dich nicht«, sagte sie und kniff ihn feierlich in die Nase.

Dann stand Cellophan auf, begrüßte einen der Wanderer nach dem anderen, forderte sie auf, sich auf die Gummipilze zu setzen, die im Raum herumstanden, und bat sie, die Geschichte ihrer Abenteuer zu erzählen.

Arabikum räusperte sich. »Es war einmal . . .« begann er.

»Nennt mich Ismael«, sagte Gimbohr.

»Whanne in Aprille«, begann Legolam mit Chaucer.

»Höre mich, Muse«, fing Bromosel an.

Nach einigem Hin und Her erzählte Frito die ganze Geschichte vom Ring, von Dildos Fest, den schwarzen Schweinereitern, von Orlons Vorstandssitzung, Doria und Gutgolfs unzeitigem Hinscheiden.

»Na so was, na so was«, sagte Cellophan betrübt, als Frito geendet hatte.

Lavalier seufzte tief. »Deine Fahrt ist lang und schwer«, sagte sie.

»Ja«, fügte Cellophan hinzu, »du trägst eine schwere Bürde.«

»Deine Feinde sind mächtig und unbarmherzig«, sagte Lavalier.

»Du hast viel zu befürchten«, sagte Cellophan.

»Du brichst im Morgengrauen auf«, sagte Lavalier.

Nach einem herzhaften Festmahl, zu dem Cherubim und Seraphim gereicht wurden, geleiteten Cellophan und Lavalier die müden Wanderer in ihre Zimmer in einem kleinen Baum in der Nähe, und als Frito eintreten wollte, nahm ihn Lavalier beiseite und ging mit ihm in ein geschütztes kleines Tal in der Nähe, in dessen Mitte ein schmutziges Vogelbad stand. Zwei Spatzen trieben bäuchlings darin.

»Gift«, erklärte Lavalier und schleuderte die gefiederten Leichen ins Gebüsch. »Das einzige, was sogar sie ruhiger werden läßt.« Dann spuckte sie ins Wasser, ein Goldfisch sprang in die Luft und rief: »Gib mir alle deine Sieben.«

Daraufhin beugte sie sich über das Becken und flüsterte: »Wilmot Proviso gegen Sklaverei«, und das Wasser begann zu kochen und die Luft mit einem leichten Duft von Rindfleisch mit Gumbaschoten zu erfüllen. Dann kam es Frito so vor, als würde die Oberfläche glatt, und darauf erschien das Bild eines Mannes, der sich etwas in die Nase spritzte.

»Werbefernsehen«, sagte Lavalier gereizt.

Im Handumdrehen klärte sich das Wasser auf, und man sah auf den Straßen tanzende Elben und Zwerge, wilde Orgien in Minas Troney, fröhliche Schwelgereien im Kobenland, eine große Bronzestatue von Sauerkopf, die eingeschmolzen wurde, um Krawattenclips daraus herzustellen, und schließlich Frito selbst, der auf einem Haufen Modeschmuck saß und herzhaft lächelte.

»Das verheißt Gutes«, erklärte Lavalier.

Frito rieb sich die Augen und zwickte sich. »Dann ist nicht alles düster?« fragte er.

»Lavaliers Vogelbad lügt nie«, sagte die Herrin streng, dann führte sie Frito zu den Gefährten zurück und verschwand in einer Wolke französischen Parfüms.

Frito zwickte sich ein letztesmal, dann taumelte er in das Baumhaus und sank in einen tiefen Schlaf.

Die Oberfläche des Beckens blieb eine Weile schwarz, dann flackerte sie auf und zeigte den triumphalen Empfang der *Titanic* im New Yorker Hafen, die Rückzahlung der französischen Kriegsschulden und den Ball anläßlich der Amtseinführung von Harold Stassen als Präsident der Vereinigten Staaten.

Am östlichen Himmel stieg Velveeta, der von den Elben heißgeliebte Morgenstern und die Dienerin der Morgenröte, auf und grüßte Noxzema, den Bringer der belegten Zunge, und während sie auf ihren goldenen Mülleimer schlug, bat sie ihn, die geflügelte Rikscha von Novocain, dem Herold des Tages, bereitzumachen. Dann kam Ovaltine mit den rosigen Augäpfeln und dem flaumbedeckten Mund und küßte sanft das Land östlich der See. Mit anderen Worten: Es war Morgen.

Die Gefährten standen auf, und nach einem eiligen Frühstück – es gab Frambösie und Kröpfe – führten Cellophan und Lavalier sowie ihr Gefolge sie durch den Wald zum Ufer des großen

Flusses Anacin, wo drei kleine Flöße lagen.

»Nun kommt die traurige Stunde des Abschieds«, sagte Lavalier feierlich. »Aber ich habe für jeden von euch ein kleines Geschenk, das euch in den dunklen Tagen, die vor euch liegen, an euren Aufenthalt in Lornadon erinnern soll.« Nach diesen Worten holte sie aus einer Kiste eine Handvoll wundersamer Dinge hervor.

»Für Arabikum«, sagte sie, »Kronjuwelen«, und übergab dem überraschten König eine diamantförmige Birne und ein Kibitzei in der Größe eines Smaragds.

»Für Frito ein bißchen Magie«, und der Boggie erhielt eine wunderbare Kristallkugel, gefüllt mit schwebenden Schneeflokken.

Dann erhielt jeder von den übrigen Mitgliedern der Gemeinschaft etwas Prächtiges und Seltsames: Gimbohr bekam ein Abonnement für *Elf Life*, Legolam ein Mah-Jongg-Spiel, Mopsi eine Tube Cloverine-Brandsalbe, Pepsi ein Salatbesteck, Bromosel ein Peugeot-Fahrrad und Spam eine Schachtel Insektenpulver. Die Geschenke wurden rasch in den kleinen Booten verstaut, ebenso alle möglichen anderen Dinge, die man auf einer solchen Fahrt benötigte: Seile, Büchsen mit Rindfleisch im eigenen Saft, eine Menge Kopra, Zaubermäntel, die sich jedem Hintergrund anpaßten, entweder grünem Gras, grünen Bäumen, grünen Felsen oder grünem Himmel; ein Exemplar *Drachen und Basilisken der Welt* von Jane, eine Packung Hundekuchen und ein Kasten Polen-Wasser.

»Lebt wohl«, sagte Lavalier, als sich die Gefährten in die Boote quetschten. »Eine große Reise beginnt mit einem einzigen Schritt. Niemand ist eine Insel.«

»Wer zuerst kommt, mahlt zuerst«, sagte Cellophan.

Die Flöße glitten hinaus auf den Fluß, und Cellophan und Lavalier bestiegen einen großen, bootförmigen Schwan, auf dem sie ein Stück neben ihnen herglitten, und Lavalier saß im Bug und sang ein altes elbisches Klagelied im herzzerreißenden Timbre von Stahltrommeln:

»Dango, Dango, Lassi Lima rintintin
Yanqui unicycle ramar rotoroot
Telstar aloha saarinen cloret
Stassen camaro impala desoto?
Gardol oleo telephon lumumba!
Chappaqua havatampa muriel
U canleada horsta wata, bwana,
Butyu canna makit drinque!

Comsat melba rubaiyat nirvana
Garcia y vega hiawatha aloo.
O mithra, mithra, I fain wud lie doon!
Valdaree valdera, que sera, sirrha,
Honni soit la vache qui rit.
Honni soit la vache qui rit.«

(»Oh, die Blätter fallen, die Blumen welken und die Flüsse werden alle republikanisch. O Ramar, Ramar, fahre schnell auf deinem goldenen Einrad und warne die Flittchen und Transvestiten! Ach, wer soll nun getrocknete Litschipflaumen sammeln und unter den Spalierbäumen Remmidemmi machen? Wer wird mein Einhorn trimmen? Sieh, jetzt lacht schon die Kuh. O weh, o weh.« Chor: »Wir sind der Chor, und wir stimmen zu. Wir stimmen zu, wir stimmen zu, wir stimmen zu.«)

Ehe die kleinen Boote um eine Biegung des Flusses fuhren, blickte Frito gerade noch rechtzeitig zurück, um zu sehen, daß die Herrin Lavalier den alten elbischen Abschiedsgruß entbot: Sie steckte den Finger in den Hals.

Bromosel schaute nach vorn, denn die Windungen des Flusses hatten sie der kaum aufgegangenen Sonne entgegengebracht. »Wer zuerst kommt, kriegt Hepatitis«, brummte er und schlief ein.

So groß war der Zauberbann von Lornadon, daß es ihnen schien, obwohl sie nur eine Nacht in diesem wunderbaren Land verbracht hatten, als wäre es eine Woche gewesen, und als sie gemächlich dahinglitten, wurde Frito von einer vagen Furcht ergriffen, daß die Zeit knapp werde. Ihm fiel Bromosels Unheil verkündender Traum ein, und er bemerkte zum erstenmal, daß der Krieger einen großen Klecks Lammblut auf der Stirn, ein großes Kreide-X auf dem Rücken und einen schwarzen Fleck in der Größe einer Dublone auf der Wange hatte. Ein riesiger und bedrohlicher Geier saß auf seiner linken Schulter, stocherte sich in den Zähnen und sang ein sinnloses Lied von einem Star.

Nicht lange nach der Mittagsstunde wurde der Fluß allmählich schmaler und seichter, und bald war ihnen der Weg versperrt durch einen gewaltigen Biberbau, gedeckt mit roten Biberschwänzen, aus dem man das ominöse Heulen von Turbinen hörte.

»Ich hatte geglaubt, der Weg zu den Langerhans'schen Inseln sei frei«, sagte Arabikum. »Jetzt sehe ich, daß Sauerkopfs Diener selbst hier am Werk sind. Wir können auf dem Fluß nicht weiterfahren.« Die Gefährten paddelten zum Westufer, zogen ihre Boote an Land und verzehrten noch rasch ein bißchen Mond und kleine Münzen.

»Ich fürchte, diese Untiere können uns Böses antun«, sagte Bromosel und deutete auf die drohend aufragende Betonmauer des Biberbaues.

Während er noch sprach, watschelte eine massige Gestalt unsicher über das steinige Ufer. Sie war etwa vier Fuß groß, hatte eine sehr dunkle Hautfarbe und einen Schwanz wie ein auf einem Brett serviertes Steak, eine schwarze Mütze und eine Schutzbrille mit dunklen Gläsern.

»Euer Diener«, lispelte das seltsame Geschöpf und verbeugte sich tief.

Arabikum beäugte das Untier nachdenklich. »Wer seid Ihr denn?« fragte er schließlich, und seine Hand senkte sich auf den Schwertgriff.

»Ein harmloser Wanderer wie Ihr auch«, sagte die braune Gestalt und wedelte bekräftigend mit dem Schwanz. »Mein Pferd hat ein Hufeisen verloren, oder mein Boot ist gesunken, was es war, erinnere ich nicht.«

Arabikum seufzte erleichtert. »Nun, Ihr seid willkommen«, sagte er. »Ich hatte gefürchtet, Ihr wäret böse.«

Das Geschöpf lachte nachsichtig und entblößte dabei zwei Vorderzähne in der Größe von Badezimmerkacheln. »Kaum«, sagte das Wesen, während es gedankenverloren ein Stück Treibholz kaute. Dann mußte es niesen, und die dunkle Brille fiel auf den Boden.

Legolam benahm es den Atem. »Ein schwarzer Biber«, keuchte er und taumelte zurück.

In diesem Augenblick hörte man ein gewaltiges Krachen im nahen Wald, und eine Bande heulender Narks und grunzender Biber überfiel die glücklose Gemeinschaft.

Arabikum sprang auf. »Evinrude«, rief er, zog sein Schwert Krona und überreichte es, das Heft voran, dem am nächsten stehenden Nark.

»Türkischer Honig«, schrie Gimbohr und ließ sein Breitbeil fallen.

»Heilsalbe«, sagte Legolam und legte die Hände auf den Kopf.

»Ipso facto«, brummte Bromosel und schnallte sein Schwertgehenk ab.

In der Hitze der Kapitulation stürzte Spam zu Frito und packte ihn am Arm. »Zeit, uns zu trollen, Bwana«, sagte er und zog einen Schal über den Kopf, dann schlichen sich die beiden Boggies hinunter zu den Booten und glitten hinaus auf den Fluß, ehe die angreifenden Narks und ihre plumpen Verbündeten sie überhaupt vermißten.

Der Narkhäuptling packte Arabikum an den Rockaufschlägen und schüttelte ihn wütend. »Wo sind die Boggies?« schrie er.

Arabikum drehte sich zu der Stelle um, wo Frito und Spam gestanden hatten, und dann zu Mopsi und Pepsi, die sich nahe dort versteckten, wo sich Legolam und Gimbohr schlafend stellten.

»Wenn du lügst, stirbst du«, sagte der Nark, und Arabikum konnte nicht umhin, den gehässigen Ton in der Narkstimme zu bemerken.

Er deutete auf die Boggies, und zwei Narks sprangen vor und ergriffen die beiden mit den Oberschenkeln, die sie an Stelle von Armen hatten.

»Da liegt ein Irrtum vor«, quietschte Mopsi. »Ich hab ihn nicht.«

»Ihr habt den Falschen erwischt«, kreischte Pepsi. »Der da ist es«, und er deutete auf Mopsi.

»Nein, der da«, rief Mopsi und zeigte auf Pepsi. »Ich würde ihn überall erkennen. Drei Fuß fünf, zweiundachtzig Pfund, deckenden Drachen auf dem linken Arm eintätowiert, zwei Anklagen wegen Unterstützung und Beistand für den bekannten Ringträger.«

Der Narkhäuptling lachte grausam. »Euch anderen laß ich zehn Sekunden zum Wegrennen«, sagte er und fuchtelte bedrohlich mit einer ganzen Garnitur riesiger Messer. Daraufhin wollte Bromosel davonspurten, verhedderte sich jedoch mit den Füßen in seinem Schwertgehenk, stolperte und spießte sich auf seinen spitzen Schuhen auf.

»Das Schicksal hat sich vollzogen«, stöhnte er. »Oh, sagt den Lakedomiern, sie sollen die Torpedos verdammen.« Dann röchelte er geräuschvoll und verschied.

Der Nark schüttelte den Kopf. »Herrje, das hättest du nicht gebraucht«, sagte er und führte die Narkbande mit Mopsi und Pepsi in den umgebenden Wald.

Frito und Spam ließen sich geräuschlos über den Fluß treiben und zogen ihr kleines Boot auf das östliche Ufer, während ungesehen im Schatten des Biberbaues eine kleine graue Gestalt auf einem grün und gelb gefleckten Seepferdchen verstohlen mitpaddelte.

»Vom Pferd auf den Esel gekommen, wie der alte Großmaul es nennen würde«, sagte Spam, holte ihrer beider Nachtzeug aus dem Boot und machte sich mit Frito an den Aufstieg in der Schlucht, die zu einem neuen Kapitel führte.

SECHSTES KAPITEL

DIE REITER VON ROI-TAN

Drei Tage lang jagten Arabikum, Gimbohr und Legolam hinter der Narkbande her und unterbrachen ihre schonungslose Verfolgung nur, um zu essen, zu trinken, zu schlafen, ein paar Partien Binokel zu spielen und einige Sehenswürdigkeiten zu besichtigen. Unermüdlich setzten Waldläufer, Zwerg und Elb denen nach, die Mopsi und Pepsi gefangengenommen hatten, und oft marschierten sie bis zu dreihundert Ellen, ehe sie apathisch zu Boden sanken. Oft bekam Stapfer die Witterung nicht, was ziemlich schwierig war, denn Narks sammelten unterwegs gern ihren Kot und schichteten ihn zu großen, stinkenden Hügeln auf, die sie dann kneteten und zu furchteinflößenden Gestalten formten als stumme Warnung für jeden, der es wagen könnte, ihre Macht herauszufordern.

Aber die Narkhügel wurden seltener, ein Hinweis, daß sie entweder ihren Schritt beschleunigt oder kein Rauhfutter mehr hatten. Jedenfalls wurde die Fährte schwächer, und der hochgewachsene Waldläufer mußte seine ganze Geschicklichkeit aufbieten, um den höchst kümmerlichen Anzeichen, daß die Bande hier vorbeigekommen war, zu folgen: ein abgetragener belüfteter Schuh, zwei falsche Würfel und ein Stück weiter zwei belüftete Narks.

Das Land war trostlos und eben, jetzt nur noch besiedelt von Dornengestrüpp und anderen verkümmerten Gewächsen. Dann und wann kamen sie durch ein verlassenes Dorf, leer bis auf ein oder zwei streunende Hunde, die ihren schwindenden Proviant ergänzten. Langsam stiegen sie hinab in die öde Ebene von Roi-Tan, eine heiße, trockene und freudlose Gegend. Links von ihnen waren die verschwommenen Gipfel des Mehlgebirges, rechts und weiter weg der träge fließende Effluvium. Im Süden lagen die legendären Lande der Roi-Tanner, Schafreiter von nicht geringem Können auf dem Rücken eines Merino-Schlachtbocks.

In früheren Zeiten waren die Herren der Schafe Feinde von Sauerkopf gewesen und hatten bei Akopad und Ipswich tapfer gegen ihn gekämpft. Doch jetzt gingen Gerüchte um von abtrünnigen Banden berittener Schafzüchter, die im nördlichen Zwiedor plünderten, raubten, brandschatzten, mordeten und vergewaltigten.

Stapfer hielt im Marsch inne und stieß einen tiefen Seufzer der Angst und Langeweile aus. Die Narks hatten sie immer weiter hinter sich gelassen. Behutsam wickelte er einen elbischen Zauberzwieback aus und zerbrach ihn in vier gleiche Teile.

»Eßt es ganz auf, denn es ist das letzte, was wir haben«, sagte er und ließ das vierte Stück für später in der Hand verschwinden.

Gimbohr und Legolam kauten ernst und schweigend. Ringsum spürten sie die gehässige Anwesenheit von Sagrotan, dem bösen Zauberer von Isentrop. Sein schädlicher Einfluß erfüllte die Luft, seine geheimen Kräfte behinderten ihre Suche. Kräfte, die viele Formen annahmen, gegenwärtig aber als Durchfall auftraten.

Gimbohr, der, wenn das überhaupt möglich war, Legolam jetzt noch weniger mochte als in Brüchigtal, würgte an seinem Stück Zwieback.

»Fluch über die Elben und ihr miserables Futter«, murrte er.

»Und über die Zwerge«, erwiderte Legolam, »die aus dem Hals stinken.«

Zum zwanzigsten Mal zogen die beiden die Waffen, jeder nach dem Gekröse des anderen lechzend, aber Stapfer legte sich ins Mittel, damit nicht einer getötet werde. Zu essen gab es sowieso nichts mehr.

»Haltet ein und hört auf, hinweg, steckt das Schwert in die Scheide, nehmt Abstand vom Streit, seid friedlich!« sprach er und hob einen zerfransten Handschuh.

»Hau ab, verschwinde«, knurrte der Zwerg. »Ich will aus diesem Lügenmaul Hackfleisch machen!«

Aber der Waldläufer zog seine Waffe, und der Kampf endete so schnell, wie er begonnen hatte, denn auch Zwerge und Elben schätzen einen Dolchstoß von hinten nicht. Dann, als die Duellanten ihre Klingen wegsteckten, erklang Stapfers Stimme von neuem.

»Sehet!« rief er und deutete gen Süden. »Viele Reiter nähern sich wie der Wind!«

»Ich wünschte, sie ritten *mit dem Wind*«, sagte Legolam und rümpfte die Nase.

»Wahrlich gute Nasen haben die Elben«, sagte Stapfer.

»Und schwul sind sie«, murmelte der Zwerg.

Alle drei starrten auf den Staub am fernen Horizont. Daß sich Schafreiter näherten, war unzweifelhaft, denn der Wind kündigte ihr Kommen an.

»Meint ihr, sie sind uns wohlgesonnen?« fragte Legolam, wie Espenlaub zitternd.

»Das vermag ich nicht zu sagen«, erwiderte Stapfer. »Wenn ja, haben wir nichts zu befürchten; wenn sie Feinde sind, müssen wir ihrem Grimm durch List entrinnen.«

»Wie?« fragte Gimbohr, der auf der Ebene keine Möglichkeit sah, sich zu verstecken. »Kämpfen oder fliehen wir?«

»Weder noch«, sagte der Waldläufer und ließ sich auf den Boden fallen. »Wir stellen uns tot!«

Legolam und Gimbohr sahen sich an und schüttelten den Kopf. Es gab nicht viel, worüber sie sich einig waren, aber bestimmt über Stapfer.

»Wir könnten genausogut ein paar mit in den Tod nehmen«, sagte Gimbohr und zog sein Hackebeil, »denn es geht sich besser mit zugeknöpftem Hosenlatz.«

Die Herren der Schafe kamen dräuend näher, und das wütende Kriegsgemecker ihrer Reittiere war jetzt zu hören. Groß und blond waren die Roi-Tanner und trugen gefährlich aussehende Pickelhauben und kleine Hitlerbärtchen. Auch trugen sie hohe Stiefel und kurze Lederhosen mit Trägern und hatten lange Spieße in der Hand, die man für bleibeschwerte Mopbesen hätte halten können.

»Sie haben grimmige Gesichter«, fand Legolam.

»Jawohl«, sagte Stapfer, indem er durch die Finger lunzte. »Stolz und eigenwillig sind die Männer von Roi-Tan, und Land und Macht schätzen sie hoch. Aber das Land ist oft das ihrer Nachbarn, und daher sind sie ziemlich unbeliebt. Zwar sind sie des Lesens und Schreibens unkundig, doch lieben sie Gesang und Tanz und vorsätzlichen Mord. Aber Krieg ist nicht ihr einziges Gewerbe, denn sie vermieten auch Ferienwohnungen an ihre Nachbarn, hübsch ausgestattet mit den allermodernsten Backöfen und Duschräumen.«

»Dann können diese Schufte nicht ganz schlecht sein«, sagte Legolam hoffnungsvoll. Just da sahen sie, wie hundert Klingen aus hundert Scheiden fuhren.

»Wetten?« fragte Gimbohr.

Hilflos mußten sie mitansehen, wie die Reiterschar auf sie zuhielt. Plötzlich gab der Reiter in der Mitte, dessen Pickelhaube zusätzlich mit zwei langen Hörnern verziert war, mit der Hand ein Zeichen anzuhalten, und als die Männer ihre Tiere zügelten, erwiesen sie sich als erstaunlich unfähige Schafreiter. Zwei ihrer heruntergefallenen Kameraden wurden in dem folgenden Durcheinander des Stampfens und Trampelns verletzt.

Als die Schreie und Flüche schwächer wurden, galoppierte der Führer auf einem Merinobock von großer Stattlichkeit und Weiße, dessen Schwanz kunstvoll mit bunten Gummibändern umflochten war, zu den dreien.

»Der Kerl sieht wie'n Taschendieb aus«, flüsterte Gimbohr, ohne die dicken Lippen zu bewegen. Der Führer, einen Kopf kleiner als die anderen, betrachtete sie mißtrauisch durch Doppelmonokel und schwenkte einen Schlachtmop. In diesem Augenblick wurden sich die Gefährten darüber klar, daß der Führer eine Frau war, eine Frau, deren geräumiger Brustharnisch auf eine Gestalt von einiger Üppigkeit schließen ließ.

»Wo ist ihr gehen und was tut ihr hier, wenn ihr überhaupt nicht hier sein solltet, wo ihr ist?« fragte die Führerin in der etwas verstümmelten Gemeinsamen Sprache.

Stapfer trat vor, verbeugte sich tief, ließ sich auf ein Knie nieder und entbot den Sklavengruß. Dann küßte er den Boden zu Füßen der Schafherrin. Obendrein polierte er noch ihre Stiefel.

»Heil und Gruß, o Herrin«, lispelte Stapfer, und Lauterkeit stand ihm im Gesicht geschrieben. »Wir sind Wanderer in Eurem Land und suchen Freunde, die von Sauerkopfs und Sagrotans abscheulichen Narks gefangengenommen wurden. Vielleicht habt Ihr sie erspäht. Sie sind drei Fuß groß, haben haarige Füße und kleine Schwänze, tragen wahrscheinlich Elbenmäntel und sind auf dem Weg nach Fordor, um Sauerkopfs Bedrohung von Niedermittelerde zu vereiteln.«

Die Anführerin der Schafreiter starrte den Waldläufer sprachlos an, dann drehte sie sich zu ihren Leuten um und winkte einem Reiter.

»Medikus! Eil dich, ich hab Arbeit für dich. Und er ist der wahnsinnig auch!«

»Nein, schöne Dame«, sagte Stapfer, »die, von denen ich spreche, sind Boggies oder in der Sprache der Elben *hoipolloi.* Ich bin ihr Führer, der ich von einigen Stapfer genannt werde, obwohl ich viele Namen habe.«

»Na sicher«, stimmte die Führerin zu und schüttelte ihre blonden Flechten. »Medikus! Wo ist du?«

Schließlich wurden Arabikums Erklärungen akzeptiert, und alle stellten sich einander vor.

»Ich ist Eoweh, Tochter von Eolapp, Hauptmann der Robbermark und Than von Muschelsupp. Das bedeutet, du ist nett zu mir oder du ist nicht nichts zu niemandem mehr«, sagte die rotbackige Kriegerin. Plötzlich verfinsterte sich ihr Gesicht, als sie Gimbohr erblickte, den sie argwöhnisch musterte.

»Was ist doch dein Name?«

»Gimbohr, Sohn von Grog, dem Zwergenherrscher von Geritol und Königlichem Seneschall«, erwiderte der stämmige Zwerg.

Eoweh saß ab und inspizierte Gimbohr aus größerer Nähe mit mißbilligend zusammengepreßten Lippen.

»Komisch«, sagte sie schließlich, »du siehst nicht zwergisch aus!« Dann wandte sie sich an Stapfer. »Und du? Kleister, war es?«

»Arabikum!« Stapfer war entrüstet. »Arabikum von Arabeske!«

Im Nu hatte er das schimmernde Krona aus der Scheide gezogen, ließ es über dem Kopf wirbeln und rief: »Und das ist Krona desjenigen, der viele Namen hat, der Lumbago, der Magnet genannt wird, von den Elben Schwachkopf, Erbe des Throns von Zwiedor und rechtmäßiger Sohn Arabins von Arachnit, Besieger von Dutzenden und Nachkomme von Barbisol, Überwinder von Rivalen und König des Berges.«

»Angeber«, sagte Eoweh und warf dem wartenden Medikus einen Blick zu. »Aber ich ist glauben, daß du ist nicht der Spion von der Sagrotan. Der ist ein Dreckskerl, aber so dumm ist er auch nicht.«

»Wir sind von weither gekommen«, sagte Legolam, »und wurden von Gutgolf Grauzähne geführt, Zauberer für Könige und Feenpate zweiter Klasse.«

Die Schafdame zog die blonden Brauen hoch und ließ beide Monokel von ihren wäßrig blauen Augen herabfallen. »Psch! Das ist nicht der Name, der hier fallen darf. Der König, mein Vater, verlor sein Lieblingsreittier, Saniflusch den Schnellen, an diesen Gauner, und später stellte er fest, daß der Würfel falscher ist als der dreibeinige Troll! Dann kommt der arme Schaf eine Woche später zurück voller Flöhe und vergessen, daß sie stubenrein ist, alles über den neuen Wandteppich des Königs. Wenn der König ihn erwischt, der ist ein toter Zauberer.«

»Es liegt eine traurige Weisheit in Euren Worten«, sagte Arabikum, bemüht, an ihrer Hellebarde vorbei einen Blick zu erhaschen, »denn Gutgolf lebt nicht mehr. Sein Geschick ereilte ihn in einem ungleichen Kampf mit einem Ballhock in den Minen von Doria. Das Untier hat kein faires Spiel mit Gutgolf getrieben und überwältigte ihn auf gemeine und hinterhältige Weise.«

»Der poetische Gerechtigkeit«, sagte Eoweh, »aber mir wird der alte Spinner fehlen.«

»Und jetzt«, fuhr Arabikum fort, »sind wir auf der Suche nach unseren beiden Gefährten, die von Narks gefangengenommen und ich weiß nicht wohin entführt wurden.«

»Ach«, sagte die Kriegerin, »wir haben gestern ein paar Narks umgelegt, aber wir sehen keine Boggies. Was wir finden, ist ein paar kleine Knochen im Kochtopf, und ich glaube nicht, sie ist essen Rippenspeer.«

Die drei Gefährten verharrten zehn Sekunden in stillem Gedenken an ihre Freunde.

»Wie wäre es denn, wenn Ihr uns auf Euren Hammelschlitten mitnehmen würdet?«

»Okay«, sagte Eoweh, »aber wir ist gehen nach Isentrop, um auch der fiese Sagrotan umlegen.«

»Dann kämpft Ihr also mit uns gegen ihn«, sagte Stapfer. »Wir hatten geglaubt, die Herren der Schafe hätten sich auf die Seite des bösen Zauberers geschlagen.«

»Wir hat nie für dies Ekel gearbeitet«, erwiderte Eoweh nachdrücklich, »und selbst wenn wir ihm zuerst ein bißchen geholfen haben, dann nur auf Befehl, und wahrscheinlich war es nicht wir, wovon ihr gehört haben, denn wir war woanders. Und sowieso verschwendet er seine Zeit, wenn er einen dummen Ring sucht, der nichts wert ist. Ich jedenfalls, ich glaube nicht an diesen Elbenzauberkram. Fauler Zauber, ich sagen.«

Die Reiterin schlug die Hacken zusammen und machte eine Kehrtwendung, dann rief sie über die Schulter: »So, kommt ihr mit, oder bleibt ihr hier und verhungert vielleicht?«

Stapfer strich über das letzte Stück Elbenzwieback in seiner Tasche und wog die Alternativen gegeneinander ab, wobei er Eowehs fleischliche Reize nicht außer acht ließ.

»Wir gehen mit«, sagte er verträumt.

Pepsi träumte, er sei eine Maraschinokirsche auf einem Eisbecher mit Früchten und heißer Schokoladensauce. Zitternd auf einem Berg Schlagsahne, sah er einen ungeheuerlichen Mund mit geschärften Fangzähnen über sich aufragen, aus dem in Strömen der Speichel lief. Er wollte um Hilfe schreien, aber sein eigener Mund war voll von hart gewordener Schokoladenmasse. Das Maul senkte sich herab und stieß einen heißen, stinkenden Atem aus ... immer tiefer kam es ...

»Wacht auf, ihr Heinis«, knurrte eine rauhe Stimme. »Der Boß will mit euch reden.« Ein schwerer Stiefel trat Pepsi in die schon gequetschten Rippen. Er machte die Augen auf und sah in der nächtlichen Finsternis einen viehischen Nark, der ihn wütend anstarrte. Diesmal schrie er, aber aus seiner Kehle kam nur ein ängstliches Gurgeln, und als er sich wehren wollte, merkte er, daß er immer noch an allen vieren gefesselt war wie ein Spanferkel am Spieß.

Jetzt fiel ihm alles wieder ein: wie er und Mopsi von der Narkbande gefangengenommen und gezwungen worden waren, nach Süden zu marschieren zu einem Ziel, das sie fürchteten, das Land Fordor. Aber hundert blonde Reiter auf Schlachtschafen hatten ihnen den Weg abgeschnitten, und jetzt bereiteten sich die Narks fieberhaft auf den Angriff vor, von dem sie wußten, daß er mit den ersten Sonnenstrahlen erfolgen würde.

Pepsi erhielt noch einen Fußtritt und hörte dann eine zweite Narkstimme, die mit der ersten sprach.

»Mukluk puschkin, boggie-grag babuschka lefrak!« krächzte die tiefere Stimme, die Pepsi als die von Gulasch erkannte, dem Führer von Sagrotans Narks, die die Gruppe von Sauerkopfs größeren, besser ausgerüsteten Mordbuben begleiteten.

»Gorboduc khosla!« zischte der größere Nark, der seine Aufmerksamkeit wieder den verängstigten Boggies zuwandte. Teuflisch grinsend zog er seine Krummsense und lachte. »Ich wette, ihr würdet einen Arm und ein Bein dafür hergeben, um hier rauszukommen.« Er hob seine Waffe über seinen halslosen

Kopf mit gespielter Brutalität und weidete sich am angstvollen Zappeln der Boggies.

»Ich, Gulasch, werde das Vergnügen haben, euch Murmeltiere zum großen Sagrotan selbst zu bringen, dem Herrn der kämpfenden Ohma-hah, dem Bösesten der Bösen und Träger des heiligen weißen Steins, der bald der Boß von ganz Niedermittelerde sein wird!«

Plötzlich ließ ein ungeschickter Faustschlag von hinten den Nark sich drehen wie eine Töpferscheibe.

»Ich werd' dir was, Boß von ganz Niedermittelerde!« fauchte eine lautere, tiefere Stimme.

Mopsi und Pepsi schauten auf und sahen einen riesigen Bullen von Nark, gut über sieben Fuß groß und mindestens vierhundert Pfund schwer. Er baute sich über dem am Boden liegenden Nark auf und deutete arrogant auf die rote Nase, das Wappen auf seiner Brust. Es war Karsch von den kämpfenden Ottowah, der Anführer von Sauerkopfs Truppe, der Gulasch niedergestreckt hatte.

»Ich werd' dir was Boß von ganz Niedermittelerde«, wiederholte er. Gulasch sprang auf und zeigte Karsch eine obszöne Geste.

»Slushfund tietak kierkegaard!« schrie er und stampfte vor dem größeren Nark voll Wut mit den schwer beschuhten Füßen auf.

»Ersatz!« bellte Karsch, als er sein vier Fuß langes Messer zog und Gulasch geschickt die Fingernägel bis zum Ellbogen stutzte. Der kleinere Nark machte sich eiligst davon, um seinen Arm zu retten, und fluchte über einen blauen Streifen, der schon zu suppen begann.

»So«, sagte Karsch und wandte sich wieder den Boggies zu, »diese Meckerer werden im Morgengrauen über uns herfallen, deshalb will ich *jetzt sofort* die Wahrheit über diesen Zauberring herausbekommen!« Aus einer großen Ledertasche holte der Nark einen Armvoll schimmernder Instrumente und ordnete sie vor Pepsi und Mopsi auf dem Boden an. Da lagen nun ein großer Ochsenziemer, eine Daumenschraube, eine neunschwänzige Katze, ein Gummischlauch, zwei Totschläger, eine Kollektion Skalpelle und eine Holzkohlenpfanne mit zwei rotglühenden Brandeisen.

»Ich habe Mittel und Wege, euch zum Singen zu bringen wie Kanarienvögel«, kicherte er und schürte die heißen Kohlen mit seinem langen Zeigefinger. »Ihr könnt jeder einen von Kolonne A und zwei von Kolonne B haben. Ha, ha, ha!«

»Ha, ha, ha«, wiederholte Pepsi.

»Gnade!« wimmerte Mopsi.

»Ach, kommt schon, ihr Kerle«, sagte Karsch, während er ein Eisen mit dem dreigestrichenen »S« von Sauerkopf auswählte, »laßt mich ein bißchen Spaß haben, ehe ihr redet.«

»Nein, bitte«, sagte Mopsi.

»Wer will zuerst dran?« lachte der grausame Nark.

»Er!« schrien die Boggies im Chor und zeigten jeweils auf den anderen.

»Ho, ho!« gluckste der Nark, als er über Mopsi stand wie eine Hausfrau, die eine Wurst packt. Er hob das glühende Eisen, und Mopsi kreischte, als er einen Schlag hörte. Aber als er die Augen wieder aufmachte, stand sein Peiniger zwar immer noch über ihm, sah aber irgendwie verändert aus. Da merkte der Boggie, daß der Kopf fehlte. Der Körper sackte zusammen wie eine durchstochene Luftmatratze, und darüber erschien triumphierend das gehässige Gesicht von Gulasch. In der heilen Hand hielt er eine Klinge von der Art, wie sie gewöhnlich bei störenden Achillessehnen gebraucht wird.

»Wer zuletzt lacht, lacht am besten!« rief er und hüpfte fröhlich von einem Bein aufs andere. »Und jetzt«, zischte er die Boggies an, »wünscht mein Herr Sagrotan den Verbleib des Ringes zu erfahren.« Um seinen Worten Nachdruck zu verleihen, beförderte er Karschs Kopf mit einem Dropkick gut zwanzig Ellen weit weg.

»Ring, Ring?« fragte Pepsi. »Weißt du etwas von einem Ring, Mopsi?«

»Es sei denn, du meinst meine Impfnarbe«, sagte Mopsi.

»Los, los«, drängte Gulasch und sengte die Haare auf Pepsis rechtem großen Zeh ein bißchen an.

»Okay, okay«, schluchzte Pepsi. »Binde mich los, dann zeichne ich dir eine Karte.«

In seiner maßlosen Hast war Gulasch damit einverstanden und löste die Fesseln um Pepsis Arme und Beine.

»Jetzt bring die Fackel etwas näher heran, damit wir etwas sehen können«, sagte der Boggie.

»Gnash lubdub«, rief der aufgeregte Nark in seiner eigenen fiesen Sprache, während er ungeschickt die Klinge und die Fakkel in der einen, übriggebliebenen Hand jonglierte.

»Ist es nicht besser, wenn ich das Schwert für dich halte?« bot Pepsi an.

»Knish shark«, kauderwelschte der Unhold und schwenkte erwartungsvoll die Fackel.

»Das hier ist das Mehlgebirge, und das hier der Effluvium«, sagte Pepsi, während er mit der scharfen Spitze der schimmernden Klinge auf der Erde kritzelte.

»Krischna rimsky-korsikov!«

». . . und das ist die Mautstraße . . .«

»Grackle borgward!«

». . . *und das ist deine Gallenblase, direkt über deinen Eingeweiden!*«

»Gork!« protestierte der Nark, als er auf den Boden fiel, von einem Ende zum anderen aufgeschlitzt wie ein Kissenbezug. Während seine inneren Organe geräuschvoll den Betrieb einstellten, befreite Pepsi Mopsi, und sie begannen sich durch die Reihen der Narks zu schlängeln in der Hoffnung, nicht von den Kriegern gesehen zu werden, die sich auf den Kampf vorbereiteten, der bestimmt mit den ersten Sonnenstrahlen entbrennen würde. Als sie auf Zehenspitzen um eine Gruppe Narks herumschlichen, die eifrig ihre grausamen Messer schliff, hörten die Boggies das leise gegurgelte Lied, das sie halb sangen, halb rülpsten im Takt eines krampfhaften Rhythmus, den einer schlug, indem er wiederholt seinen Kopf an seinen eisernen Helm knallte. Der Text klang den Boggies seltsam und rauh in den Ohren, als sie in der Dunkelheit vorbeigingen:

»Von den Hallen von Khezaduma
Bis zu den Ufern des Lithui
Schlagen wir Herrn Sauerkopfs Schlachten
Mit Klauen und Zähnen und Knie . . .«

»Pst«, flüsterte Pepsi, als sie über offenes Gelände krochen, »mach kein Geräusch.«

»Okay«, flüsterte Mopsi.

»Was ist das für ein Geflüster?« brummte eine Stimme im Dunkeln, und Pepsi spürte, wie ihn eine krallige Hand am Revers packte. Ohne nachzudenken, schlug Pepsi mit seinen Zehennägeln aus und rannte weiter, während sich der Wachtposten auf dem Boden wand und sich den einzigen Bereich hielt, der weder durch seinen Panzer geschützt noch durch seine Gruppenversicherung gedeckt war.

Wie der Blitz schossen die Boggies an den überraschten Narks vorbei.

»Zum Wald! Zum Wald!« schrie Pepsi und duckte sich, so daß ihm ein Pfeil das Haar nur noch säuberlich bis zum Knochen scheitelte. Auf allen Seiten ertönten Schreie und verwirrte Alarmrufe, als sie zum Wald rannten, denn das Glück wollte es, daß das grimmige Blasen der Kriegshörner der Roi-Tanner den Beginn ihres Angriffs verkündete. Nachdem sie in Deckung gegangen waren, beobachteten die Boggies voll Schrecken, wie die blutdürstigen Herren der Schafe gegen die Narks vorrückten, und das Kriegsgemecker aus hundert Schafskehlen klang in der Morgendämmerung wie ein Schrei. Die Narks hatten ihre entkommenen Gefangenen vergessen und hielten stand, als eine Welle des wolligen Todes nach der anderen über sie hereinbrach und Schlachtmops schauerlich dröhnend auf fußdicke Schädel einschlugen. Ferne Schreie und Schläge erreichten die Ohren der Boggies, und sie rissen die Augen auf, als sie das anschließende Blutbad mitansahen. Die zahlenmäßig unterlegenen Narks wichen zurück, und die geifernden Merinos griffen von allen Seiten an und kämpften ebenso gemein und unanständig wie ihre blindwütigen Reiter. Die Boggies sahen, daß eine Handvoll Narks die Waffen wegwarf und eine weiße Fahne schwenkte. Die Sieger strahlten von einem Ohr zum anderen, umzingelten sie und begannen zu hauen und zu stechen und spielten mit Köpfen Fußball. Wie verrückt lachend, erleichterten sie die Leichen um ihre Tornister und deren Inhalt. Pepsi und Mopsi wandten das Gesicht von dem Gemetzel ab und kämpften erfolglos gegen ihren Brechreiz.

»Ho ho ho! Die Herren der Schafe verstehen ihr Geschäft.«

Mopsi und Pepsi sahen erschrocken zu den grünen Bäumen auf. Sie wußten, daß sie eine tiefe, polternde Stimme gehört hatten, aber sie sahen niemanden.

»Hallo«, sagten sie unsicher.

»Nicht ›hallo‹, sondern ho ho ho!« erwiderte die Stimme.

Die Brüder betrachteten forschend den Wald, um herauszufinden, woher das Gelächter kam, aber erst, als ein großes, grünes Auge blinzelte, sahen sie den Riesen, der direkt vor ihnen stand und sich kaum von den hohen Bäumen abhob. Sie sperrten vor Staunen den Mund auf beim Anblick dieser ungeheuerlichen Gestalt, ganze elf Fuß groß und hellgrün von Kopf bis Fuß (Größe sechsundfünfzig). Ein pastellgrünes Lächeln breitete sich auf dem Gesicht des Riesen aus, und dann bemerkten sie, daß der Riese nackt war bis auf einen Lendenschurz aus Petersilie und ein paar Kohlblätter in seinem bubikopfartig geschnittenen Haar. In jeder seiner großen Hände hielt er eine Packung tiefgekühlter grüner Bohnen, und ein Spruchband auf seiner Brust verkündete: *Heutiges Sonderangebot, alle Maisgerichte in Rahmsauce fünf Cents billiger.*

»Nein, nein«, stöhnte Pepsi, »das ... das *kann* doch nicht sein!«

»Ho ho ho, doch«, lachte die riesige Gestalt, halb Mensch,

halb Broccoli. »Ich heiße Vogelauge, Herr der Vegetabilen, oft genannt der lu ...«

»Sag es nicht«, rief Mopsi und hielt sich entsetzt die pelzigen Ohren zu.

»Hab keine Angst«, grinste das freundliche Gemüse. »Ich bin kein *Erbsen*zähler.«

»Nein, nein«, wiederholte Pepsi und knabberte nervös an seinem Krawattenclip.

»Kommt mit«, sagte der Riese, »und laßt uns zu meinen Untertanen *spinaten*, die im Wald wohnen. Sie können nicht *ausläufern*. Ho ho ho!« Das grüne Geschöpf bog sich vor Lachen über seine Wortspiele.

»Bitte, bitte«, flehte Pepsi. »Wir können es nicht ertragen. Nicht nach allem, was wir durchgemacht haben.«

»Ich muß darauf bestehen, meine Freunde«, sagte Vogelauge. »Das Volk in meinem Reich führt Krieg gegen den bösen Sagrotan, den Zellulosefresser und Freund der Brennesseln, die uns täglich mehr und mehr abwürgen. Wir wissen, daß ihr auch seine Feinde seid, und ihr müßt mit uns kommen und helfen, den Kohlmörder zu besiegen.«

»Na schön«, seufzte Pepsi, »wenn wir müssen ...«

»... müssen wir«, seufzte Mopsi.

»Seufzt nicht«, beruhigte sie der Riese, als er sich die beiden Boggies über seine gelbgrünen Schulterblätter hängte. »Herr der Vegetabilen zu sein, ist auch nicht einfach, besonders mit so wenig *Moos*. Ho!«

Die Boggies strampelten und schrien und machten einen letzten Versuch, dem großen Schwätzer zu entkommen.

»Strampelt nicht«, sagte er beschwichtigend, und dann trug er sie davon.

Arabikum, Legolam und Gimbohr massierten ihre schmerzenden Muskeln in einem schattigen Gehölz, während die Roi-Tanner ihre sabbernden Reittiere tränkten und unter den schwächeren welche für die Abendmahlzeit auswählten. Drei lange Tage waren sie hierhin und dorthin geritten, über Stock und Stein der gefürchteten Festung von Sagrotan dem Linkischen entgegen, und die Beziehungen der Gefährten untereinander hatten sich ein wenig verschlechtert. Legolam und Gimbohr wurden es nie leid, einander zu piesacken, und wenn der Elb lachte, als der Zwerg von seinem Reittier fiel und nach dem ersten Tag wundgeritten war, dann rächte sich Gimbohr, indem er Legolams Schaf heimlich ein starkes Abführmittel verpaßte. So wurde der Elb am zweiten Tag von seinem leidenden Tier panikartig im Kreis und im Zickzack herumgetragen, und an jenem Abend übte er Vergeltung, indem er das rechte Hinterbein von Gimbohrs Merino verkürzte, so daß der Zwerg am folgenden Tag stundenlang unter heftiger Seekrankheit litt. Es war kein ruhiger Ritt.

Überdies hatten sowohl Gimbohr als auch Legolam den Eindruck, daß Arabikum von etwas Merkwürdigem befallen war, seit sie die Roi-Tanner getroffen hatten, denn er saß teilnahmslos im Sattel, sang leise und schmachtend vor sich und warf immer verstohlene Blicke auf die Anführerin der Herren der Schafe, die seine Annäherungsversuche zurückwies. In der letzten Nacht des Ritts wachte Legolam auf und stellte fest, daß der Waldläufer nicht im Zelt war und im Gebüsch nahebei großer Tumult herrschte. Ehe der Elb seine Frisierhaube abnehmen und seine Waffe umschnallen konnte, kam Arabikum zurück, melancholischer denn je und mit einem verstauchten Handgelenk und zwei blauen Augen.

»Bin gegen einen Baum gerannt«, war seine einzige Erklärung.

Doch Isentrop und Sagrotans Festung waren jetzt nahe, und nach dem anstrengenden Ritt konnten sie es sich leisten, einen Abend der Ruhe einzulegen.

»Autsch!« jaulte Gimbohr schmerzverzerrt, als er sich auf einen moosigen Hügel hockte, »dieses verdammte vierbeinige Schmorfleisch hat mir bestimmt das Steißbein kaputtgemacht.«

»Dann reite auf dem Kopf«, sagte Legolam in abfälligem Ton.

»Der ist viel weicher und weniger wertvoll.«

»Hau ab, Friseur.«

»Ekel.«

»Narr.«

»Mißgeburt.«

Sporengeklirr und das Schlagen einer Reitgerte unterbrachen die Diskussion. Die drei Gefährten sahen Eowehs massige Gestalt sich den Hügel heraufwälzen und zu ihnen kommen. Sie klopfte Staub und Lanolin von ihren eisenbeschlagenen Reitstiefeln und schüttelte argwöhnisch ihre Hörner.

»Ihr zwei immer noch machen mit häßlichen Wörtern?« Verächtlich vermied sie es, Arabikum in die runden, feurigen Augen zu blicken, und lachte laut. »In der Vaterland haben wir keine Streithähne«, rügte sie und zog, um ihrer Aussage mehr Nachdruck zu verleihen, mehrere Dolche.

»Die Jungs sind bloß müde nach ihrem langen Ritt«, sagte der verknallte Waldläufer, Süßholz raspelnd und schelmisch an ihren Absätzen knabbernd, »aber erpicht aufs Kämpfen, wie ich auch, um mich in Euren blauen Augen als würdig zu erweisen.«

Eoweh würgte hörbar und spuckte ein großes, braunes Stück Kautabak gegen den Wind. Angewidert stapfte sie davon.

»Falsche Verbindung«, sagte Gimbohr.

»Mach dir nichts daraus«, meinte Legolam mitfühlend und legte Arabikum einen mehr als freundschaftlichen Arm um die Schulter, »die Weiber sind sich alle gleich, giftig, alle ohne Ausnahme.« Arabikum schüttelte ihn ab und schluchzte.

»Da haben wir einen verrückten Trottel«, sagte der Zwerg und entbot den Autofahrergruß.

Die Dunkelheit brach herein, und die Lagerfeuer der Roi-Tanner begannen zu flackern. Hinter dem nächsten Hügel lag das Tal von Isentrop, jetzt von dem ränkeschmiedenden Zauberer in Sagrotanland umbenannt. Niedergeschlagen schlurfte der Waldläufer zwischen den sich ausruhenden Kriegern herum und hörte ihr stolzes Lied kaum, das das Klirren schaumbedeckter Maßkrüge übertönte:

Wir ist die lustigen, flotten Roi-Tanner,
Beute lieben wir, Feuerwerk und Banner.
Wir reiten auf Schafen bei Wind und Wetter
Mit Peitschen und Sporen und viel Geschmetter.

Wir tanzen und singen bei unserem Ritt,
Und machen niemals Paradeschritt.
Frieden wollen wir und werden ihn haben,
Und etwas von dem, was die anderen haben.

Die Leute waren heiter bei ihren Feuern, lachten und machten Witze. Zwei blutbeschmierte Wettkämpfer hieben mit Säbeln aufeinander ein, hämisch angefeuert von flachshaarigen Zuschauern, und ein wenig abseits brüllte eine Gruppe von Kriegern vor Vergnügen, als sie etwas wenig Anziehendes mit einem Hund anstellten.

Aber der Anblick heiterte Arabikum nicht auf. Schwermütig wanderte er weiter in die Dunkelheit und murmelte immer wieder »Eoweh, meine Eoweh« vor sich hin. Morgen würde er solche Heldentaten vollbringen, daß sie ihm Aufmerksamkeit schenken mußte. Er lehnte sich an einen Baum und seufzte.

»Dich hat's wirklich erwischt, wie?«

Stapfer sprang mit einem Schrei zurück, aber es war der vertraute, spitz zulaufende Kopf von Gimbohr, der zwischen den Blättern herausschaute.

»Ich habe dich nicht kommen sehen«, sagte Arabikum und steckte das Schwert wieder in die Scheide.

»Ich versuche bloß, diesem Kerl aus dem Weg zu gehen«, sagte der Zwerg.

»Wer ist ein Kerl, du Bursche?« fuhr ihn Legolam an, der hinter dem Baum ein Eichhörnchen belästigt hatte.

»Wenn man den Esel nennt . . .« seufzte Gimbohr.

Die drei setzten sich unter die dichten Zweige und dachten über ihre anstrengenden Wanderungen nach, die sie, wie es schien, vergeblich unternommen hatten. Was würde es nützen,

Sagrotan zu besiegen, wenn Sauerkopf Fritos Ring für sich beanspruchte? Wer könnte dann seiner Macht widerstehen? Eine ganze Weile grübelten sie darüber.

»Es ist höchste Zeit für einen *deus ex machina*«, sagte Legolam matt.

Plötzlich gab es einen lauten Knall und einen hellen Blitz, der die erschreckten drei vorübergehend blendete. Der scharfe Geruch von billigem Blitzlichtpulver hing in der Luft, und die Gefährten hörten einen deutlichen Bums, auf den ein lauteres *Uff* folgte. Dann sahen sie zwischen wirbelndem Konfetti eine ganz weiß gekleidete, schimmernde Gestalt, die Zweige und Schmutz von ihren makellosen Hosen und piekfeinen Stiefeln abwischte. Über der weißen Nehru-Jacke und einem kitschigen Medaillon saß ein säuberlich gestutzter grauer Bart und darüber eine gewaltige Sonnenbrille. Das Ganze wurde gekrönt von einem großen weißen Panamahut mit passender Straußenfeder.

»Sagrotan!« stieß Arabikum hervor.

»Nahe dran, aber kein Kompliment«, lachte die schicke Erscheinung und schnippte ein unsichtbares Stäubchen von der Schulter des maßgeschneiderten Jacketts. »Bitte versucht es noch einmal. Es ist wahrlich traurig, wenn alte Kameraden nicht erkannt werden!«

»Gutgolf!« riefen die drei.

»Kein anderer«, sagte der betagte Geck. »Ihr scheint erstaunt über mein Wiedererscheinen.«

»Aber wie . . . wie bist du . . .?« begann Legolam.

»Wir glaubten, der Ballhock . . .«, sagte Gimbohr.

Der alte Zauberer blinzelte und richtete sein ordinäres Medaillon gerade.

»Meine Geschichte ist wahrlich lang, und ich bin nicht mehr derselbe Gutgolf Grauzähne, den ihr einst kanntet. Ich habe viele Veränderungen durchgemacht, nicht dank euch, wie ich hinzufügen könnte.«

»Ja, ein bißchen Clairol auf den Schläfen und ein Haarschnitt«, flüsterte der gut beobachtende Zwerg.

»Das habe ich gehört«, sagte Gutgolf und kratzte eine mit dem Rasiermesser gestutzte Kotelette. »Nehmt meine jetzige Gestalt nicht auf die leichte Schulter, denn meine Macht ist eher noch größer.«

»Aber wie bist du . . .?«

»Weit bin ich gewandert seit unserem letzten Zusammensein, und viel habe ich gesehen, und viel gibt es, das ich euch erzählen könnte«, sagte Gutgolf.

»Alles bis auf den Namen deines Schneiders«, sagte Gimbohr. »Wo hast du diese Klamotten überhaupt herbekommen? Es vergehen doch noch Monate bis zum Karneval.«

»Eine ganz reizende kleine Boutique in Lornadon. Steht mir, findest du nicht?«

»Mehr als du ahnst«, gab der Zwerg zu.

»Aber wie bist du . . .?« begann Legolam von neuem.

Der Zauberer gebot mit einer Handbewegung Schweigen.

»Ihr müßt wissen, daß ich nicht mehr der alte Zauberer bin. Mein Geist ist gereinigt, mein Wesen geändert worden, mein Image ist neu. Wenig von dem früheren Ich ist noch in mir.« Mit einer schwungvollen Gebärde nahm Gutgolf den Panamahut ab und verbeugte sich tief. »Ich bin völlig verwandelt.«

»Wetten?« brummte Gimbohr, als er fünf Asse aus dem Hut fallen sah.

»Aber, Gutgolf«, rief der Elb ungeduldig. »Du hast uns noch nicht erzählt, wie du den Klauen des Ballhock entronnen bist, wie du die Flammen überlebt hast, wie du dich nach dem Sturz in den brodelnden Abgrund hast retten können und wie du den blutdürstigen Narks entgangen bist, um uns zu finden?«

Als die Sterne am samtigen Himmel droben heller wurden, saßen Elb, Zwerg und Waldläufer im Kreis um den strahlenden Weisen, um die Geschichte seiner wunderbaren, unglaublichen Rettung zu hören.

»Nun ja«, begann Gutgolf, »nachdem ich erst aus dem Abgrund heraus war . . .«

SIEBTES KAPITEL

SAGROTAN VON ISENTROP

Das klagende Vogelgezwitscher am frühen Morgen weckte Legolam, der verschlafen in die aufgehende Sonne starrte. Als er sich umschaute, sah er, daß alle Gefährten noch schliefen außer Gutgolf, der lässig auf dem Buckel des schlafenden Gimbohr Patiencen legte.

»Du kannst einen Buben nicht auf einen König legen. Das ist gemogelt«, belehrte ihn der Elb.

»Aber ich kann meine Faust in deine Kehle stecken«, erwiderte der witzige alte Gaukler. »Warum stellst du nicht eine Kuckucksuhr her oder was immer du sonst in deiner Freizeit treibst. Ich meditiere.«

Aber der Elb sah den Zauberer liebevoll an. Die halbe Nacht hatten sie dagesessen und sich Gutgolfs Geschichten von seltsamen Wanderungen und tapferen Taten angehört. Geschichten von Gutgolfs Mut und Verschlagenheit gegenüber unsagbaren Feinden. Geschichten, die für alle offenkundig nichts als lachhafte Lügen waren. Wenn Gutgolf verwandelt war, dann hatte er sich jedenfalls nicht sehr verändert. Außerdem fehlte Gimbohrs Uhr.

Langsam rappelten sich die anderen auf, als letzter Arabikum, teils wegen seines verrückten Schmachtens nach der schönen Roi-Tanner und teils, weil er seine rutschende Leibwäsche nicht in den Griff bekam. Sorgfältig bereitete der Waldläufer das karge Frühstück der Gefährten, das aus Eiern, Waffeln, Speck, Pampelmusen, Pfannkuchen, Porridge, frisch ausgepreßtem Orangensaft und goldenen Käse-Blinis bestand. Niemand, darüber waren sich die Gefährten schon zu Beginn ihrer Fahrt einig gewesen, konnte so gut Blinis backen wie der alte Arabikum.

»So, ihr ist endlich auf«, knurrte eine Stimme. Alle Köpfe drehten sich zu Eoweh um, die mit ihren besten Stiefeln, Sporen und Panzer herausgeputzt war. Durch ihre Nase war ein grimmig aussehender Hühnerknochen getrieben.

»Ah, todschick gekleidet«, lachte Gutgolf leise, als er aufstand, um die überraschte Hauptfrau zu begrüßen.

»Ihr!« stieß Eoweh hervor.

»Habt Ihr vielleicht Beowulf erwartet?«

»Aber . . . aber wir ist denken, Ihr ist kaputt mit der Ballhock«, sagte die Roi-Tanner.

»Das ist eine lange Geschichte«, sagte Gutgolf und holte tief Luft.

»Geschenkt!« unterbrach ihn Eoweh. »Wir haben der Kampf zu tun mit der Sagrotaner. Kommt mit, bitte.«

Die Gefährten folgten Eoweh zu den übrigen Kriegern, alle schon aufgesessen auf ihren feurigen, ungeduldigen Schafen, die ebenso erpicht auf den Kampf waren wie ihre Reiter. Freudig begrüßten sie ihre Führerin mit erhobener Faust und machten flüsternd belustigte Bemerkungen über den seltsamen Waldläufer, der wie ein geistesgestörter Dachshund ständig hinter Eoweh herlief.

Die Gefährten saßen auf. Ungern nur hatte Eoweh Thermofax, das schnellste aller Schafe der Roi-Tanner, Gutgolf überlassen. Dann, als die Reiter ein Lied anstimmten, machten sie sich nach Westen gen Isentrop auf.

Sie waren noch nicht zwei Stunden geritten, da erreichten sie den Gipfel eines Hügels, und Eoweh brüllte den Befehl, anzuhalten. Unten in dem tiefen Tal lagen die rosa und pastellblauen Mauern von Sagrotans mächtiger Festung. Die ganze Stadt war mit Mauern umgeben, und rings um die Mauern erstreckte sich ein lavendelfarbener Wallgraben, über den eine Zugbrücke führte. Prächtige Wimpel flatterten im Wind, und die hohen Türme schienen tatsächlich die Wolken zu kratzen.

Hinter den Mauern sah die Truppe die vielen Wunder, die in

der Vergangenheit unzählige Touristen verlockt hatten, die Tore zu durchschreiten. Belustigungen aller Art konnte man sich dort hingeben: Zirkus- und andere Vorstellungen in festen Zelten, Feenräder und Gollum-Berg-und-Tal-Bahnen, Geisterbahnen, Greifen-Karussells und Spielhöllen, wo ein Bauerntölpel eine Stunde vertrödeln und, wenn er nicht vorsichtig war, sein Lederwams einbüßen konnte. Vor Jahren, als Sagrotan der Welt noch ein ehrliches Gesicht zeigte, hatte Gutgolf in einem solchen Spielkasino als Croupier für »Das Rad deines Glücks« gearbeitet. Aber nur kurze Zeit. Warum er wegging und warum er für immer aus dem Sagrotanland (wie der böse Zauberer es umbenannt hatte) verbannt wurde, wußte niemand. Und Gutgolf sagte es nicht.

Die Gefährten starrten besorgt auf die bewegungslosen Räder und die mit Planen abgedeckten Schaustellerbuden. Auf der hohen Brustwehr standen Reihen von Bogenschützen und Pikenieren, und hinter ihnen Kessel mit kochendem Mehl. Über den Wällen ragte ein riesiges Plakat empor mit dem Gesicht einer Karikaturenfigur, die durch Comicschriftrollen und unzählige schäbige Spielsachen berühmt geworden war. Es war das Antlitz von Dickydrachen, das die Reiter albern anlächelte. Der Text darunter besagte: *Willkommen im Sagrotanland. An Sonntagen alle Fahrten zwei Heller.* Überall bemerkten sie das schwachsinnige Grinsen von Dickydrachen. Wimpel, Plakate, Mauern, alle zeigten dasselbe idiotische Gesicht mit der heraushängenden Zunge. Doch jetzt hatte sich das einst geliebte Wesen als das Symbol der Gier seines Schöpfers nach Macht herausgestellt, einer Macht, die beendet werden mußte.

»Eine mächtige Festung ist unser Dickydrachen«, sagte Gutgolf, ohne das Ächzen seiner Umgebung zu beachten.

»Ja«, pflichtete Eoweh ihm bei, »der Sagrotaner scheffelt Geld mit der Dickydrachen-Hüte und der Dickydrachen-Sweat-shirts und der Dickydrachen-dies und der Dickydrachen-das. Ein reicher Dreckskerl ist der Sagrotaner.«

Gutgolf stimmte zu, daß dem so sei, bemerkte aber, daß Sagrotan, als sie noch Freunde waren, kein übler Typ gewesen sei.

»Aber das war alles leerer Schein und diente der Verschleierung seiner wahren Absichten«, fügte er hinzu, »und deswegen müssen wir ihn besiegen.«

»Aber wie?« fragte Legolam.

»Der Ablenkungstaktik!« rief Eoweh, und ihr Hühnerknochen erbebte. »Wir brauchen einen Dummkopf, der die Aufmerksamkeit auf sich lenkt, während wir von hinten angreifen.« Sie hielt inne und sah verstohlen den liebeskranken Waldläufer an. »Dieser Dumm ... hm ... Held würde das Herz jeder Maid erweichen können, ich glauben.«

Stapfer stellte die Ohren auf wie ein geiler Boxerrüde, zog seine Klinge und rief: »Krona! Ich werde diesen Auftrag zu deinem Ruhm und deiner Ehre unternehmen, auf daß ich deine Bewunderung errege, obwohl ich nicht zurückkehre.« Ungeschickt trieb er sein aufsässiges Merino an ihre Seite und küßte eine schwielige Hand. »Aber zuerst erbitte ich ein Pfand von Euch, schöne Eoweh, damit meine Tapferkeit versuchen möge, Euren unvergleichlichen Reizen zu entsprechen. Ein Pfand erbitte ich von Euch.«

Eine Sekunde war sie verblüfft, dann nickte sie mit dem gehörnten Kopf, schnallte ihre Handgelenksbandage ab und gab Arabikum das metallbeschlagene Lederband, das er sich freudig am Hals befestigte.

»Okay, da ist der Pfand«, sagte sie, »jetzt los!«

Ohne ein weiteres Wort galoppierte er den Abhang hinunter zur Zugbrücke, begleitet von anfeuernden Rufen der Krieger. Schneller und immer schneller ritt er, während die anderen im Schutz des Hügels eine Schwenkung durchführten. Dann, just als die scharfen Hufe des Merinos sich dem Tor der Festung näherten, wurde die Brücke rasch hochgezogen und ließ erkennen, was auf ihre Unterseite aufgemalt war: das vertraute widerliche Lächeln und die Inschrift: *Leider geschlossen.* Aber Stapfer war derartig in Fahrt, daß er nicht anhalten konnte, und so stürzte er kopfüber in den lavendelfarbenen Wallgraben. Er schrie vor

Angst, als er da im Wasser um sich schlug, denn im Graben wimmelte es von scharfen, ratschenden Schnäbeln. Große, zuschnappende Schildkröten stürzten sich auf den untergehenden Waldläufer, und Bogenschützen, die erst jetzt bemerkten, was vor sich ging, begannen, den Verrückten mit verrückten ungezielten Schüssen einzudecken.

Eoweh hörte ihn schreien, ritt zurück über die Bergkuppe und sah den von allen Seiten angegriffenen Stapfer im Wallgraben zappeln. Sie stieß einen Roi-Tanner-Fluch aus, raste hinunter, sprang von ihrem Reittier und hinein in den Graben, klemmte sich seinen Kopf unter ihren muskulösen Arm und machte sich zum Ufer auf. Dann sahen die anderen voller Respekt, wie sie in dem zwei Fuß tiefen Wasser aufstand und sich schleunigst in Sicherheit brachte, zwei triefnasse und pfeilgespickte Merinos folgten ihr.

Die Roi-Tanner brachen in laute Beifallsrufe aus, als ihre Führerin forsch auf den Hügel zurücktrabte, den keuchenden Waldläufer immer noch im Schlepptau. Leise vor sich hinmurrend, verabfolgte sie Stapfer künstliche Atmung, der eine erstaunliche Menge Wasser und mehrere kleine Schildkröten erbrach. Die tückischen Reptilien hatten einen Großteil seiner Kleidung abgerissen und ihm nur die Unterwäsche gelassen, die, wie die Dame bemerkte, auf dem hinteren Umschlag mit der Königskrone von Zwiedor bestickt war.

»He«, rief sie dem halb bewußtlosen Waldläufer zu, »Ihr habt ja den hinteren Umschlag mit der Königskrone von Zwiedor bestickt.«

»Ja, ja«, sagte Gutgolf, »er ist doch der rechtmäßige König dieser und aller Lande von Zwiedor.«

»Im Ernst?« fragte Eoweh, und ihre Augen weiteten sich begehrlich. »Hmm. Vielleicht ist der Dummkopf schließlich doch okay.« Zur Überraschung von allen begann sie zärtlich mit Stapfer zu flüstern, als sie ihn sich über die Schulter warf und ihm sanft auf den Rücken klopfte wie einem Säugling, der Bäuerchen machen soll.

»Jetzt ist nicht die Zeit für höfische Kurzweil«, sagte Gutgolf. »Unser Ablenkungsmanöver ist fehlgeschlagen, und der Feind hat eine Vorwarnung über unsere Absichten erhalten. Die Stunde des Zuschlagens ist vorbei, und wir sind verloren.«

»Bedeutet das, daß wir jetzt nach Hause gehen können?« fragte Legolam.

»Nein!« erwiderte der Zauberer, dessen Medaillon in der Sonne blitzte. »Ich sehe nämlich in der Ferne eine große Armee heranmarschieren.«

»So ein Mist«, sagte Gimbohr. »Ich dachte, wir könnten Feierabend machen.«

Ängstlich blickten sie in die Ferne und sahen eine dunkle Masse, die sich auf einem Hügel ausbreitete und mit beunruhigender Geschwindigkeit auf sie zukam. Ob Freund oder Feind, das konnte niemand erkennen. Viele Minuten lang blickten sie dort hin, bis auf den Wällen von Sagrotanland Kornetts erklangen.

»Das müssen Nark-Verstärkungen sein, die herkommen, um uns alle zu vernichten«, sagte der Elb zitternd. »Sauerkopf hat ein großes Heer gegen uns entsandt.«

»Nein«, rief der Waldläufer. »Das sind keine Narks, das sind Wesen, die ich noch nie gesehen habe.«

Die anderen erkannten, daß das stimmte. Eine Reihe riesiger, kriegerischer Gemüsepflanzen nach der anderen zog gen Sagrotanland, angeführt von einem monumentalen Geschöpf. Ein unheimlicher Gesang erschallte donnernd:

»Vegetabilen, kommt herbei!
Wir stampfen jetzt die Narks zu Brei!
Rüben, Kohl, Karotten, Gurken
Murksen ab nun diese Schurken!
Restlos wollen wir sie besiegen,
Hau'n sie, daß die Fetzen fliegen!
Machen daraus auch wirklich kein Hehl:
Ihre Leichen mahlen wir zu Knochenmehl!«

»Ho ho ho!« schallte es über das Land, und die erschreckten Schafe liefen verwirrt durcheinander, furchtsam wie Schafe. Ihre Reiter sahen sprachlos Korporalschaften von Kürbissen, Kompanien von Kartoffeln, Brigaden von Brombeeren, Bataillone von roten Beeten und Regimenter von Rettichen nach einem Militärmarsch marschieren, den eine Kohlrübenkapelle auf fünfzig Instrumenten spielte; hinter diesen endlosen Reihen kamen immer neue Formationen: entschlossen aussehende Avocados, handfester Lauch und kräftige Auberginen.

Die Erde bebte geradezu unter den rhythmischen Wurzelschritten des Gemüsevorrats, und die Luft erzitterte von dem tausendfach krächzenden und piepsenden Kriegsgeschrei.

An der Spitze der Truppe schritt stolz der grüne General, der seiner dürftigen Kleidung ein Paar Epauletten aus Maisfasern hinzugefügt hatte. Auf seinen Schultern saßen überdies vertraute Gestalten, die Gutgolf als erster sah.

»Du meine Güte, da sind ja die zwei halben Portionen!« rief er.

Und tatsächlich. Mopsi und Pepsi saßen wackelig auf Vogelauges Schultern und winkten Gutgolf und den anderen wie verrückt zu.

Die vielen Quadratmeter von Landesprodukten marschierten direkt zu den Wällen von Sagrotanland und stellten sich in Schlachtordnung auf. Durch ein von Eoweh geliehenes Fernglas sah Arabikum, daß die Narks zuerst mit offenem Mund starrten und dann in panischem Schrecken auf den Brustwehren herumrannten.

»Ho ho ho!« donnerte der Riese. »Nimm zur Kenntnis, Sagrotan, daß die Vegetabilen vor dir stehen. Ergib dich, oder du wirst zu Mus gemacht!«

Zuerst kam keine Reaktion von der Festung. Dann antwortete eine laute Stimme dem Riesen mit einem gewaltigen Hohnlachen.

»Ich entnehme daraus«, sagte der Riese, »daß du zu kämpfen wünschst.« Ohne ein weiteres Wort kehrte der grüne General zu seinen Linien zurück und begann seinen Truppen Befehle zu erteilen, die sie sofort befolgten und hierhin und dorthin rannten, um sich zu formieren und Kriegsmaschinen aufzustellen.

Große Wassermelonen begaben sich, halb gehend, halb rollend, zum Rand des Wallgrabens, gefolgt von riesigen Kartoffeln, die schwerfällig auf die Melonen sprangen und einen tödlichen Hagel von Keimen abfeuerten und die Narks auf den Wällen damit beharkten. Die Narks fielen wie die Fliegen, während die Zuschauer auf dem Hügel wie wild Beifall klatschten.

Dann durchwatete eine Kolonne süßer Kartoffeln den Wallgraben, ohne von den Pfeilen Notiz zu nehmen, die sich in ihr Fleisch bohrten. Aus den in dem von Schildkröten wimmelnden Wasser halb untergetauchten Kartoffeln sprossen dann lange, sich windende Ranken, die an den steilen Wallmauern emporkletterten und sich um jeden Vorsprung wickelten. Sie dienten den Kommandogurken als Sturmleitern, die sie rasch erklommen und die Verteidiger angriffen. Der Riese brachte indes eine große fahrbare Wurfmaschine heran und richtete sie auf die Mauer aus.

»Die Gaskrieg!« schrie Eoweh, die seinen Plan erriet.

Die verblüfften Zuschauer erfuhren bald, was die Roi-Tanner gemeint hatte, denn drei ganze Kompanien von Selbstmordschalotten erschienen und begannen, sich in der Maschine anzuhäufen. Als die Auslösevorrichtung betätigt wurde, flogen die großen Zwiebeln im hohen Bogen über die Mauern und riefen nach dem Aufschlag eine gewaltige Wolke von beißendem Nebel hervor. Durch das Fernglas sahen die Gefährten, daß sich die Narks mit dreckigen schwarzen Taschentüchern fieberhaft die tränenden Augen wischten. Mit Kamikaze-Kastanien beladene Ballisten ließen den Tod auf die Barrikaden herabregnen, und das ohrenbetäubende Knallen von fliegendem Popcorn brachte die Brustwehren über den Köpfen von Sagrotans Kreaturen zum Einsturz.

Aber die Narks setzten sich immer noch verzweifelt zur Wehr, und von ihren blitzenden Klingen tropfte vitaminreiches Blut.

Die Wälle waren übersät mit gehackter Petersilie, geschnittenen Zwiebeln und geriebenen Karotten. Ströme von rotem Tomatensaft rannen über die Steine, und ein gräßlicher Salat schwamm im Wallgraben.

Als der große grüne Befehlshaber sah, daß der Kampf auf den Mauern noch unentschieden war, ordnete er den Einsatz einer weiteren Waffe an, eines Kürbisses von der Größe eines Lastwagens. Die gewichtige Frucht nickte nur, dann rollte sie auf den Rücken ihrer erschlagenen Kameraden über den Graben. Mit Pfeilen gespickt, stand der große, orangefarbene Krieger vor der hochgezogenen Zugbrücke und begann, sie sofort mit seiner unerhört massigen Gestalt zu berennen. Die ganze Mauer bebte und erzitterte. Immer wieder krachte der Kürbis gegen die Tür, während verzweifelte Verteidiger aus Fässern dampfendes Hafermehl auf den Angreifer schütteten. Halb gekocht und dennoch unverzagt, ging der Kürbis mehrere Ellen zurück, und in fliegendem Start und mit voller Wucht stürzte er sich auf die Tür. Es gab ein gigantisches Krachen, und die Tür schien in winzige Bruchstücke zu zersplittern. Der betäubte Ramm-Kürbis rollte benommen zurück, taumelte, zuckte mit den breiten, runden Schultern und platzte. Kerne traten aus und vermischten sich mit den noch warmen, breiigen Resten von Kampfgenossen. Einen Augenblick herrschte Schweigen. Dann rannten mit einem lauten Schrei alle Vegetabilen über den geplatzten Kürbis und stürmten in die Stadt. Ihnen folgten die Roi-Tanner und die Gefährten, bestrebt, den Heldentod des Kürbisses zu rächen.

Die letzten Kämpfe innerhalb der Mauern waren kurz und blutig. Gimbohr sang fröhlich, während er auf die verwundeten Narks einhieb und ihre schlaffen, wehrlosen Körper zerstükkelte. Arabikum und Legolam erledigten eine Reihe stämmiger Feinde tapfer von hinten, und Gutgolf bot aus der Sicherheit einer halb eingestürzten Brustwehr herzhafte Ermunterungen und klugen Rat an. Aber es waren die Maid der Roi-Tanner und ihre Kumpane, die an diesem Tag Ehre einlegten, als sie die restlichen Narks töteten. Arabikum hielt in dem Getümmel nach

Eoweh Ausschau und fand sie, als sie frohlockend einen Nark zerhackte, der genau halb so groß war wie sie, und dabei ein altes Roi-Tanner-Trinklied sang. Sie sah, daß er ihr schüchtern zuwinkte. Sie lächelte, blinzelte und warf ihm einen runden Gegenstand zu.

»He, König! Auffangen!«

Ungeschickt erwischte der Waldläufer das Souvenir. Es war der Kopf eines Narks. Er trug einen Ausdruck von äußerster Verärgerung.

Endlich war der Kampf vorbei, und die lange getrennten Freunde rannten mit freudigen Glückwünschen aufeinander zu.

»Freudige Glückwünsche!« riefen Mopsi und Pepsi.

»Danke, gleichfalls und bestimmt noch mehr für euch«, sagte Gutgolf und unterdrückte ein wiedererkennendes Gähnen.

»Heil, Freunde, wie schön, daß wir uns treffen«, verbeugte sich Legolam. »Möget ihr eure Kopfschuppen für immer los sein.«

Gimbohr humpelte zu den beiden Boggies und zwang sich zu einem Lächeln.

»Pox vobiscum. Möget ihr drei ausgewogene Mahlzeiten am Tag essen und gesunden, regelmäßigen Stuhlgang haben.«

»Wie kommt es«, fragte Arabikum, »daß wir uns in diesem fremden Land treffen?«

»Das ist eine Geschichte, die langwierig zu erzählen ist«, sagte Pepsi und zog ein Bündel Notizen heraus.

»Dann erspare sie uns«, befahl Gutgolf. »Habt ihr etwas von Frito und dem Ring gesehen oder gehört?«

»Keine Spur«, sagte Mopsi.

»Wir auch nicht«, erklärte Gimbohr. »Laßt uns was essen.«

»Nein«, sagte der Zauberer, »denn wir haben den bösen Sagrotan noch nicht gefunden.«

»Mist«, fand Gimbohr. »Mittag ist schon vorbei.«

Zusammen mit Vogelauge und Eoweh machten sich die Gefährten auf die Suche nach dem üblen Magier. Die Kunde verbreitete sich, daß Sagrotan und sein widerlicher Genosse Schlangenbiß im Isenturm gesehen worden seien, der höchsten Festung in Sagrotanland, berühmt wegen des Drehrestaurants hoch oben auf dem schlanken Turm.

»Er ist da oben«, sagte ein Sellerie. »Er hat die Fahrstühle blockiert, aber dennoch sitzt er in der Falle.«

»Ho ho ho«, bemerkte der Riese.

»Halt den Mund«, fügte Gutgolf hinzu.

Hoch droben sahen sie das runde Drehrestaurant mit der Leuchtreklame *»Sagrotan ist Spitze«*. Eine Glastür darunter öffnete sich. Eine Gestalt erschien am Geländer.

»Das ist er!« rief Eoweh.

Sein Gesicht war dem von Gutgolf sehr ähnlich, aber seine Kleidung bot einen seltsamen Anblick. Der Zauberer trug ein bis zu den Füßen reichendes Akrobatentrikot, rot wie ein Feuerwehrwagen, und ein langes Cape aus schwarzem Satin. An den Kopf hatte er sich schwarze Hörner geklebt, und am Hinterteil war ein mit Stacheln versehener Schwanz befestigt. In der Hand hielt er eine Mistgabel aus Aluminium und hatte an den Füßen durchbrochene Lackledermokassins. Er lachte über die Gefährten unten.

»Ha ha ha ha ha.«

»Komm herunter«, rief Arabikum, »und nimm hin, was dir zukommt. Mach die Tür auf und laß uns herein.«

»Nein«, lachte Sagrotan, »fällt mir nicht im Traum ein. Laßt uns das wie gescheite, vernünftige Leute gütlich regeln.«

»Nix gütlich regeln!« schrie Eoweh. »Wir wollen deinen Kopf!«

Der böse Zauberer wich zurück und tat so, als hätte er Angst, dann kam er wieder ans Geländer und lächelte. Seine Stimme klang beschwichtigend und melodisch und triefte nur so von Süßigkeit wie ein schmelzendes Sahnebonbon. Die Gefährten fürchteten sich vor seinen verzuckerten Worten.

»Laßt uns die Sache überdenken«, fuhr Sagrotan fort. »Hier bin ich mit meinem kleinen Unternehmen und verdiene im

Schweiß meines Angesichts einen ehrlichen Pfennig. Plötzlich dringt eine Fusion von Konkurrenten gewaltsam in meinen Firmenbesitz ein und versucht mich vom Markt zu vertreiben. Ihr habt mir meine flüssigen Mittel genommen und meinen kleinen Mitarbeiterstab vernichtet. Es ist ein eindeutiger Fall von unlauterem Geschäftsgebaren.«

»He«, sagte der Riese zu Gutgolf, »der Kerl hat einen guten *Kopf* auf seinen Schultern. Kein Wunder, daß er soviel *Kohl* erntet.«

»Halt den Mund«, meinte Gutgolf zustimmend.

»Jetzt habe ich einen Vorschlag zu machen«, sagte Sagrotan und fuchtelte mit der Spitze seines Schwanzes. »Und obwohl ich auf diesen Gedanken nicht festgelegt bin, wollte ich ihn doch von hier oben verkünden, um zu sehen, ob jemand die Gelegenheit beim Schopf ergreift. Nun gebe ich gern zu, daß ich an dem Vorhaben beteiligt sein wollte, aber es ist dieser böse Sauerkopf, der den ganzen Reibach machen will. So, wie ich es sehe, gründen wir eine neue Gesellschaft, in der ich einen ausschlaggebenden Kapitalanteil an Dickydrachen und seinen Tochtergesellschaften abtreten werde gegen meine alte leitende Stellung und jährliche Aktienbezugsrechte bei irgendwelchen alten Ringen, auf die wir irgendwann stoßen sollten. Gebt mir dreißig Prozent der Beute, die wir in Fordor machen, und ich lasse euch meinen Partner Schlangenbiß gratis. Er ist sowieso für diesen kleinen Stellvertreterkampf verantwortlich.«

Ein Angstschrei kam aus dem Turm, und eine Schüssel mit Wachsfrüchten flog haarscharf an Sagrotans Kopf vorbei. Ein knochiger alter Mann in einer Laufburschenuniform erschien kurz und schüttelte die Faust.

»Garrsch!« stotterte er.

Sagrotan packte den protestierenden Schlangenbiß und warf ihn lässig über das Geländer.

»Aaaaaaaaaarrrrrrrrrrrgggggggghhhh!« sagte Schlangenbiß.

Der üble Helfershelfer schlug mit beträchtlicher Wucht auf

dem harten Boden auf.

»Hab noch nie einen roten Pfannkuchen gesehen«, staunte Gimbohr.

»Das ist meine Bürgschaft für Redlichkeit«, fuhr Sagrotan glattzüngig fort. »Ist das also abgemacht?«

»Nichts ist abgemacht«, sagte Gutgolf. »Dieser Schurke ist glitschiger als ein Aal in einem Glas Vaseline.«

»Warte doch mal«, sagte Arabikum, »er hat doch einen ausschlaggebenden Kapitalanteil versprochen.«

»NEIN schreibt sich n-e-i-n«, erwiderte Gutgolf und rückte seinen Hut gerade. »Ich will nicht eines Morgens mit seiner Bürgschaft zwischen meinen Schulterblättern aufwachen.«

Just in diesem Augenblick schwirrte ein kleiner schwarzer Gegenstand an Gutgolfs Kopf vorbei.

»Das wird allmählich eintönig«, fand Gimbohr.

Die Kugel prallte mehrmals auf dem Pflaster auf und blieb dann vor Pepsis Zehen liegen. Er sah sie neugierig an und hob sie dann auf.

»Wir werden dich in deinem abscheulichen Turm streng bewachen lassen«, sagte Gutgolf, »und die Vegetabilen werden sich mit dir befassen, wenn die tiefgefrorenen Steaks in deiner Speisekammer alle sind.«

Gutgolf drehte sich um und wies auf Pepsi.

»Okay, laß das.«

»Och, ich hab doch gar nichts gemacht«, sagte Pepsi.

»Nein, gar nichts«, verteidigte ihn Mopsi.

»Gib mir das«, sagte der Zauberer gereizt. »Du kannst es nicht essen, also hast du keine Verwendung dafür.«

Mißmutig händigte der junge Boggie die schwarze Kugel aus.

»Jetzt«, sagte Gutgolf, »müssen wir uns rasch auf den Weg machen. Zwar sind die Lande von Isentrop und Roi-Tan vor Sagrotans Macht sicher, doch werden sie es nicht lange sein, sofern Zwiedor selbst nicht vor Sauerkopfs Feindseligkeit geschützt wird.«

»Was müssen wir tun?« fragte Mopsi.

»Ja, tun?« wollte Pepsi wissen.

»Wenn ihr eine Sekunde den Mund haltet, werde ich es euch sagen«, fauchte Gutgolf. »Die schöne Stadt Minas Troney wird von Sauerkopfs östlichen Heeren bedroht. Die verseuchte Stadt Minni Modul liegt nicht weit, und jeden Tag kann die schwarze Wolke auf ihre schönere Schwester fallen. Wir müssen alle unsere Streitkräfte aufbieten, um sie zu verteidigen.« Er nickte Arabikum zu. »Du, Stapfer, mußt es auf dich nehmen, deine Untertanen in Zwiedor und jeden anderen, der kommen will, zu sammeln, um die Wälle von Minas Troney zu bemannen. Eoweh, Ihr müßt alle Reiter, die Ihr entbehren könnt, mitbringen, und auch Vogelauge muß seine tapferen Vegetabilen nach Zwiedor führen. Die anderen werden sich mit mir direkt dorthin begeben.«

»Hundert Wörter ohne einen Knalleffekt«, murmelte Gimbohr. »Der Alte muß krank sein.«

Die Gefährten verabschiedeten sich und brachen schweren Herzens von der zerstörten Festung Isentrop auf, denn sie wußten, daß noch weitere Mißlichkeiten das Land heimsuchen würden. Gutgolf, Mopsi und Pepsi bestiegen ihre klagenden Blöker und sprengten in der Abenddämmerung voran, der sagenhaften Hauptstadt von Zwiedor entgegen. Als sie losritten, winkten zwei schöne junge Karotten mit ihrem Kraut den Boggies und sprangen auf ihren zarten Pfahlwurzeln hoffnungsvoll auf und ab, etwas behindert durch bereits wahrnehmbare Schwellungen in ihrer Mitte. Mopsi und Pepsi waren nicht untätig gewesen, seit Gutgolf sie zuletzt gesehen hatte.

Die ganze Nacht und den halben nächsten Tag ritten Gutgolf und die beiden Boggies, immer auf der Hut vor Sauerkopfs Spähern. Einmal sah Mopsi hoch droben eine schwarze Gestalt, die zwischen den Wolken ostwärts flatterte, und glaubte, ein leises, scheußliches *Krächzen* gehört zu haben. Aber er hatte schon vor mehreren Stunden gekifft und war nicht sicher.

Schließlich rasteten sie. Gutgolf und Mopsi pennten nach einem raschen Würfelspiel (Mopsi verlor) sofort ein, und auch Pepsi legte sich hin und tat so, als ob er schliefe. Aber als das Schnarchen seiner Gefährten regelmäßig wurde, schlüpfte er aus seinem kleinen Zelt und durchstöberte die Satteltaschen des Zauberers. Dort fand er die schwarze Kugel, die Gutgolf so sorgfältig versteckt hatte.

Sie war kleiner als eine Honigmelone, aber größer als eine Billardkugel. Die Oberfläche war glatt bis auf ein kleines rundes Fenster, das in das schwarze Innere ging.

»Eine Zauber-Wunschkugel!« rief er aus. »Das ist es!«

Der Boggie schloß die Augen und wünschte sich ein Fäßchen Bier und eine Menge panierte Kalbskoteletts. Es gab ein leises *Puff* und ein glühendes Rauchwölkchen, und dann starrte Pepsi auf ein ungeheuerliches, unsagbar abscheuliches Gesicht, dessen Backen vor Bosheit und Wut bebten.

»Ich habe dir gesagt, du sollst die Pfoten davon lassen«, schrie der Zauberer, und seine weiten Hosen flatterten zornig.

»Ach, ich hab's doch bloß angeschaut«, greinte Pepsi.

Gutgolf entriß Pepsi die Kugel und funkelte ihn an. »Das«, sagte er streng, »ist kein Spielzeug. Diese Kugel ist der wundersame *mallomar*, das Zauberdingsbums der Elben, von dem man lange glaubte, es sei im Blechzeitalter verlorengegangen.«

»Warum hast du das nicht gesagt?« fragte Pepsi sinnlos.

»Mit dem *mallomar* erforschten die Alten die Geheimnisse der Zukunft und sahen den Menschen tief ins Herz.«

»Eine Art Alphabettafel für spiritistische Sitzungen?« fragte Mopsi verschlafen. »Paßt gut auf!« befahl Gutgolf.

Die beiden Boggies sahen interessiert zu, als der Zauberer geheimnisvolle Handbewegungen über der Kugel machte und eine unheimliche Beschwörung murmelte:

»Hocus pocus
Loco Parentis!
Jackie Onassis
Dino de Laurentiis!«

Die Boggies rissen erschreckt die Augen auf, als die Kugel plötzlich erglühte. Gutgolf setzte sein Murmeln fort:

»Queequeg quohog!
Quodnam quixote!
Pequod ad hoc!
Pnin Peyote!
Presto Fidibus
Mühe und Plage
Rollo spiritus
Doppelt vage!«

Plötzlich schien die Kugel von innen in ein funkelndes Strahlen auszubrechen, und ein leiser, tremolierender Ton war zu hören. Pepsi vernahm Gutgolfs Stimme in all dem schimmernden Glühen.

»Sage mir, o zauberhafter *mallomar*, wird Sauerkopf besiegt werden, oder wird er siegen? Wird die schwarze Wolke des Verhängnisses ganz Niedermittelerde bedecken, oder wird es bei seinem Sturz Sonnenschein und Glückseligkeit geben?«

Pepsi und Mopsi waren verblüfft, als sie sahen, daß sich feurige Buchstaben in der Luft bildeten, feurige Buchstaben, die den Ausgang des bevorstehenden Kampfes mit dem Dunklen Herrscher voraussagen würden. Verwundert lasen sie die Schrift: *Antwort unklar. Frage später noch einmal.*

ACHTES KAPITEL

KANKRAS LAUER UND ANDERE LUFTKURORTE

Atemlos erklommen Frito und Spam den Gipfel einer kleinen Anhöhe und blickten über die Landschaft, die sich vor ihnen, nur durch jähe Bodensenkungen und steil aufsteigende Schluchten unterbrochen, bis zu den Schlackengruben, Kleiderfabriken und Charpiespinnereien von Fordor hinzog. Frito setzte sich müde auf einen Kuhschädel, und Spam holte ein Lunchpaket mit Käse und Keksen aus ihren Rucksäcken.

In diesem Augenblick hörten sie Kiesel rollen, Zweige knakken und lautes Naseschnauben. Die beiden Boggies sprangen auf, und ein graues, schäbiges Geschöpf, das geräuschvoll auf dem Boden schnüffelte, kroch auf allen vieren auf sie zu.

»Du meine Güte«, rief Frito und wich vor der unheimlichen Gestalt zurück. Spam zog seinen gezackten Elbendolch, das Herz schlug ihm bis zum Hals, in dem die klebrigen Kekskrümel steckenblieben.

Das Geschöpf sah sie mit entsetzlich schielenden Augen und leicht lächelnd an, erhob sich mühsam auf die Füße, verschränkte die Hände hinter dem Rücken und begann traurig zu pfeifen.

Plötzlich erinnerte sich Frito an Dildos Geschichte vom Ringfund.

»Du mußt Lumgol sein«, stieß er hervor. »Was machst du hier?«

»Nun ja«, sagte das Geschöpf und sprach sehr langsam. »Nicht viel, ich suchte bloß nach ein paar alten Knipskästen, um damit zu den Kosten für die Eiserne Lunge meiner Schwägerin beizutragen. Seit meiner Operation komme ich natürlich nicht mehr so viel herum wie früher. Hab wohl einfach Pech. Komisch ist das Leben, immer auf und ab, nie weiß man, woran man ist. Donnerwetter, es ist aber wirklich kalt. Ich mußte meinen Mantel zum Pfandleiher bringen, um Blutplasma für meine Lieblingsgänse zu kaufen.«

Spam versuchte verzweifelt, die schweren Augenlider offen zu halten, aber mit einem gewaltigen Gähnen plumpste er auf den Boden. »Du Ekel!« murmelte er und schlief ein.

»So geht's mir immer«, sagte Lumgol und schüttelte den Kopf. »Ja, ich merke es, wenn ich nicht erwünscht bin«, und mit diesen Worten setzte er sich hin und bediente sich mit den Elbenzwiebäcken der Boggies.

Frito schlug sich mehrmals ins Gesicht und machte ein paar kräftige Atemübungen.

»Hör mal, Lumgol«, sagte er.

»Oh, du brauchst es nicht zu sagen. Nicht erwünscht. Ich weiß. Das bin ich nie gewesen. Meine Mutter ließ mich in einem Vierundzwanzig-Stunden-Schließfach in einem verzauberten Wald zurück, als ich zwei war. Von freundlichen Ratten wurde ich großgezogen. Aber ich vermute, es gibt immer einen Silberstreifen am Horizont. Nun ja, ich kannte einmal einen Troll, der hieß Wyschinski . . .«

Frito schwankte, sank zusammen und schnarchte schon, ehe er auf die Erde fiel. Als er und Spam aufwachten, war es Nacht und von Lumgol nirgends eine Spur. Beide Boggies hatten das Bedürfnis, sich zu vergewissern, ob ihre ursprüngliche Anzahl von Fingern, Beinen und dergleichen noch vorhanden und keinerlei Eisenwaren versehentlich in ihren Rippen zurückgeblieben waren. Zu ihrer beträchtlichen Überraschung fehlte nichts, nicht mal ein Niednagel oder ein Manschettenknopf. Frito griff nach dem Ring, der immer noch sicher an seiner Kette hing, setzte ihn rasch auf den Finger und blies auf der Zauberpfeife; er war erleichtert, als er das vertraute Es hörte.

»Ich kapiere das nicht, Herr Frito«, sagte Spam schließlich und fühlte mit der Zunge nach fehlenden Zahnfüllungen. »Der ist ein Taubenzüchter oder noch was Schlimmeres.«

»Hallo, ihr beiden«, sagte ein großer Stein, der mit einemmal nach und nach Lumgol wurde.

»Hallo«, sagte Frito matt.

»Wir brechen gerade auf«, sagte Spam rasch. »Wir müssen ein Waffengeschäft in Tansania abschließen oder etwas Kopra auf Guam abholen oder dergleichen.«

»Das ist schade«, fand Lumgol. »Vermutlich heißt das Lebewohl für den alten Lumgol. Aber er ist daran gewöhnt.«

»Lebewohl«, sagte Spam nachdrücklich.

»Lebewohl, lebewohl, Abschiednehmen ist ein so kleines Licht«, sagte Lumgol. Er schwenkte ein großes, fleckiges Taschentuch kraftlos hin und her, ergriff Fritos Hand und begann leise zu schluchzen.

Spam packte Frito am anderen Arm und zog ihn mit aller Macht weg, aber Lumgol ließ nicht los, und nach ein oder zwei Minuten gab er es auf und sank erschöpft auf einen Stein.

»Es ist mir gräßlich, mich von einem alten Freund zu trennen«, sagte er und wischte sich ausgiebig mit dem Taschentuch über den Napfkuchen, den er anstelle eines Gesichts hatte. »Ich werde euch ein Stück begleiten.«

»Gehen wir«, sagte Frito niedergeschlagen, und die drei kleinen Gestalten machten sich in raschem Schritt auf den Weg über die hitzigen Moore.

Es dauerte nicht lange, da kamen sie zu einer Stelle, wo der Boden, gut bewässert durch einen lebhaften grünen Bach, feucht und matschig wurde, und Lumgol stapfte mühsam vor ihnen hindurch. Nach ein paar hundert Fuß war der Weg völlig blokkiert durch einen schlammigen, stinkenden Sumpf, erstickt unter stark geräuchtem Bruyère und Seerosen.

»Das sind die Ngaio-Marschen«, sagte Lumgol feierlich, und

Frito und Spam sahen in den modrigen Tümpeln unheimliche Bilder von Körpern mit reich verzierten Dolchen im Rücken, Löchern von Kugeln im Kopf und Giftflaschen in den Händen, alles geheimnisvoll widergespiegelt.

Die kleine Gemeinschaft quälte sich voran durch das verrottete Sumpfland und wandte den Blick ab von den schaurigen Leichen, und nach einer Stunde mühseligen Gehens kamen sie, naß und schmutzig, auf trockneres Land. Dort fanden sie einen schmalen Pfad, der pfeilgerade über eine öde Ebene zu einer großen Pfeilspitze führte. Der Mond war untergegangen, und die Morgendämmerung färbte den Himmel schwach bräunlich, als sie den seltsam geformten Felsen erreichten.

Frito und Spam legten ihre Rucksäcke unter einen kleinen Felsvorsprung, Lumgol ließ sich hinter ihnen nieder und summte eine Melodie aus einem Kaugummi-Reklamefilm.

»Na, da sind wir ja wieder richtig dicht dran«, sagte er fast vergnügt.

Frito stöhnte.

Die Boggies wurden am späten Nachmittag durch das Schmettern von Becken und den harschen Klang von Trompeten geweckt, die »Arbeit in der Ferienzeit« spielten. Frito und Spam sprangen auf und sahen erschreckend nah das große, in eine Felswand eingefügte Tor von Fordor. Das Tor selbst, von zwei hohen Türmen begrenzt, auf denen sich Suchscheinwerfer und eine riesige Markise befanden, stand offen, und eine gewaltige Schar von Truppen strömte hinein. Frito drückte sich voll Angst an den Felsen.

Es war Nacht, als die letzten Horden in Fordor verschwunden waren, und das Tor schloß sich mit lautem Geklirr. Spam lunzte hinter einem Stein hervor und brachte Frito dann ein frugales Mahl: Brot und Fische. Lumgol tauchte sofort aus einer schmalen Felsspalte auf und lächelte obszön.

»Die Liebe des Mannes geht durch den Magen«, sagte er.

»Genau das habe ich gedacht«, sagte Spam und fingerte am

Heft seines Schwertes herum.

Lumgol sah betrübt aus. »Ich weiß, wie es ist«, erklärte er. »Ich war im Krieg. Ausweglos einem tödlichen Hagel japanischer Geschütze ausgesetzt . . .«

Spam würgte, und sein Arm wurde schlaff. »Stirb«, schlug er vor.

Frito nahm einen großen Laib Rosinenbrot und stopfte ihn Lumgol in den Mund.

»Mmmmf, mfffl, mmblgl«, sagte das Biest undeutlich.

Die kleine Gruppe machte sich wiederum in der Nacht auf und ging viele lange Liter nach Süden, immer an dem steinernen Ring entlang, der Fordor mit einem Ring aus Stein umgab. Die Straße, auf der sie liefen, war glatt und eben, Überbleibsel einer alten, linoleumgepflasterten Fernstraße, und zu der Zeit, als der Mond hoch am Himmel stand, hatten sie das Tor von Fordor weit hinter sich gelassen. Gegen Mitternacht wurden die Sterne von einer großen Zahl menschenhandgroßer Wolken verdunkelt, und kurz darauf fegte ein gewaltiger Wolkenbruch über das Land, und es regnete verärgerte Vorsteh- und Apportierhunde auf die unglücklichen Wanderer. Aber die Boggies eilten weiter hinter Lumgol her, und nach grauenhaften fünfzehn Minuten ließ das Unwetter, das nur noch ein paar letzte Chihuahua regnen ließ, nach und verzog sich nach Westen.

In den restlichen Nachtstunden wanderten sie unter schwach sichtbaren Sternen, betäubt durch die Kälte und die nicht enden wollenden umwerfenden Witze von Lumgol. Es war schon spät in der Nacht, als sie an den Saum eines großen Waldes kamen, und sie verließen die Straße und suchten Schutz in einem kleinen Hain. Im Handumdrehen waren sie fest eingeschlafen.

Frito wachte auf und stellte erschreckt fest, daß der kleine Hain völlig umstellt war von großen, grimmig aussehenden Menschen, die von Kopf bis Fuß in britisches Jockeigrün gekleidet waren. In den Händen hatten sie riesige grüne Bogen und auf dem Kopf struppige Perücken aus hellgrünem Haar. Frito stand schwankend auf und gab Spam einen Fußtritt.

In diesem Augenblick trat der größte der Bogenschützen vor und auf ihn zu. Er trug eine Propeller-Mütze mit einer langen grünen Feder und ein großes silbernes Abzeichen mit dem Wort *Chef* und einigen ruhenden Tauben, und Frito vermutete, er müsse der Führer sein.

»Ihr seid völlig umzingelt; ihr habt keine Chance; kommt mit erhobenen Händen heraus«, sagte der Hauptmann streng.

Frito verbeugte sich tief. »Kommt herein und holt mich«, sagte er, womit er die richtige Antwort gab.

»Ich bin Faraschlaks von den Grünen Toupets«, sagte der Hauptmann.

»Ich bin Frito von nichts Bestimmtem«, sagte Frito unsicher.

»Kann ich sie ein bißchen töten?« quäkte ein untersetzter, vierschrötiger Mann mit einer schwarzen Nasenklappe, der mit einer Garrotte zu Faraschlaks stürzte.

»Nein, Magnavox«, sagte Faraschlaks. »Wer bist du?« fragte er, zu Frito gewandt, »und was ist deine böse Absicht?«

»Meine Gefährten und ich gehen nach Fordor, um den Großen Ring in die Zazu-Abgründe zu werfen«, sagte Frito.

Daraufhin verdüsterte sich Faraschlaks' Gesicht, er warf zuerst einen Blick auf Lumgol und Spam, dann wieder auf Frito, verließ auf Zehenspitzen den Hain mit einem kleinen Lächeln und verschwand mit seinen Leuten im Wald, wobei sie fröhlich sangen:

»Die Grünen Toupets sind wir genannt,
Schlafen am Tag, sind nachts sehr brillant.
In Heimlichkeit beweisen wir Schneid
Und hassen Sauerkopf insonderheit.

Lenkt ihr Feuer ab
Auf die rechte Flanke
Narks machen schon schlapp
Vor des Kampftrupps Pranke!

Kein mieser Trick ist uns zu billig,
Minenfallen benutzen wir willig.
Wenn wir durch Hinterlist den Sieg erringen,
Brauchen wir sonst nicht viel zu vollbringen.

Immer schön von hinten rum,
Dazu gehört kein Mumm,
Und mit viel Trallala
Tanzen wir Cha-Cha-Cha.«

Es dauerte nicht viele Stunden, bis es Nacht wurde, nachdem die grünen Männer abgezogen waren, und nach einem gemächlichen Mahl, bei dem es Apfelwangen und Blumenkohlohren gab, machten sich Frito, Spam und Lumgol wieder auf den Weg, kamen bald aus dem Wald heraus und auf die weite Asphaltwüste, die unter dem östlichen Abhang von Fordor lag. Bei Einbruch der Nacht befanden sie sich unter dem Schatten der schwarzen Schornsteine von Minni Modul, der Industriestadt, die Minas Troney gegenüberlag. Aus der Tiefe der Erde kam das *Wumm-Wumm* mörderischer Maschinen, die Überschuhe und Kochgeschirre für Sauerkopfs Heere herstellten.

Lumgol führte Frito und Spam durch die braune Düsternis zu einer Lachsleiter mit abgenutzten Finnen, die jäh hinaufführte in das wuchtige Massiv von Sol Hurok, die großen Klippen von Fordor. Sie kletterten, wie es ihnen schien, eine Stunde. Nach einer Stunde kamen sie oben an, erschöpft und keuchend in der drückenden Luft, und warfen sich nieder auf einem schmalen Felssims vor dem Eingang zu einer großen Höhle, der das schwarze Tal überblickte.

Über ihnen kreisten riesige Schwärme von schwarzen Pelikanen, und rings um sie zuckten Blitze und gähnten Gräber und schliefen ein.

»Es sieht bestimmt schlimm aus«, sagte Spam.

Ein beißender Geruch nach altem Rinderschinken und ranzigen Gewürzgurken quoll aus der Höhle, und aus einer tief darin verborgenen Kammer kam das unheimliche Geklapper von Stricknadeln.

Frito und Spam gingen vorsichtig in den Stollen, und Lumgol schlurfte hinter ihnen her, und ausnahmsweise malte sich ein Lächeln auf seinem Gesicht.

Vor langer Zeit, als die Welt jung und Sauerkopfs Herz noch nicht hart geworden war wie altbackener Käsekuchen, hatte er eine junge Trollmaid zur Frau genommen. Sie hieß Mazola, von den Elben Blanche genannt, und sie heiratete den gut aussehenden jungen Zauberer-König trotz der Bedenken ihrer Eltern, die darauf hinwiesen, daß Sauerkopf »einfach nicht trollisch« sei und niemals Mazolas spezielle Bedürfnisse werde befriedigen können. Aber die beiden waren jung und romantisch. In den ersten hunderttausend Jahren waren die Jungvermählten noch recht glücklich; sie lebten damals in einem zu einer Dreizimmerwohnung umgebauten Kerker mit schöner Aussicht, und während der ehrgeizige junge Ehemann in der Volkshochschule Dämonologie und Betriebswirtschaft studierte, gebar ihm Mazola neun stramme Gespenster.

Dann kam der Tag, an dem Sauerkopf von dem Großen Ring erfuhr und der großen Macht, die er ihm verleihen würde bei seinem Aufstieg an die Spitze. Da er an nichts anderes mehr denken konnte, verbot er seinen Söhnen, ihr Medizinstudium fortzusetzen, wobei er sich über die heftigen Einwände seiner Frau hinwegsetzte, und verlieh ihnen den Rang von Nozdruls. Aber der Erste Ringkrieg ging schief. Sauerkopf und seine Ringgeister konnten mit knapper Not das nackte Leben retten. Von nun an wurde das Verhältnis zwischen den Ehegatten immer schlechter. Sauerkopf verbrachte seine ganze Zeit in den Zauber-Fabriken, und Mazola saß zu Hause, befaßte sich mit Hexerei und sah sich tagsüber die *mallomar*-Sendereihen an. Sie begann an Körpergewicht zuzunehmen. Dann fand Sauerkopf eines Tages Mazola und einen *mallomar*-Mechaniker in einer verfänglichen Situation und reichte sofort die Scheidung ein; bei dem Prozeß wurde ihm das Sorgerecht für die Neun Nozdruls übertragen.

Mazola wurde in ihre trostlose Höhle im Sol Hurol verbannt, und sie war von unversöhnlichem Haß erfüllt, der in ihr schwärte. Kankra wurde sie jetzt genannt, die Riesenspinne. Seit Äonen hegte sie nun ihren Groll und stopfte sich zwanghaft mit Bonbons, Filmzeitschriften und gelegentlich einem Höhlenforscher voll. Zuerst schickte ihr Sauerkopf pflichtgemäß als monatliche Unterhaltszahlung etwa ein Dutzend Nark-Freiwillige, aber diese Gaben hörten bald auf, als bekannt wurde, was eine Einladung zum Abendessen bei Sauerkopfs Verflossener in Wirklichkeit zur Folge hatte. Ihre nagende Wut kannte keine Grenzen. Auf Mord erpicht, strich sie durch ihre Lauer, verfluchte auf ewig die Erinnerung an ihren Mann und seine Troll-Witze. Seit ewigen Zeiten hatte sie nur noch auf Rache gesonnen, während sie in ihrer dunklen, dunklen Lauer brütete. Als ihr das Licht abgedreht wurde, hatte das dem Faß den Boden ausgeschlagen.

Frito und Spam stiegen jetzt hinunter ins Innere von Sol Hurok, und Lumgol war direkt hinter ihnen. Das glaubten sie jedenfalls. Immer tiefer tauchten sie in die dunklen, stickigen Dämpfe der Höhlengänge und stolperten dauernd über Haufen von Schädeln und verrottende Schatzkästen. Blind suchten sie ihren Weg in der Schwärze.

»Bestimmt ist es dunkel, find ich«, flüsterte Spam.

»Großartig beobachtet«, wisperte Frito. »Bist du sicher, daß dies der richtige Weg ist, Lumgol?«

Es kam keine Antwort.

»Muß wohl schon vorausgegangen sein«, meinte Frito hoffnungsvoll.

Lange Zeit tasteten sie sich voran durch die finsteren Gänge. Frito packte den Ring. Er hörte ein schwaches, *platschendes* Geräusch weiter vorn im Gang und blieb wie angewurzelt stehen. Da Spam sich an seinem Schwanz festhielt, stürzten sie beide mit einem gewaltigen Krach, der ringsum in der Dunkelheit laut widerhallte. Das *Platschen* ließ nach, dann wurde es lauter. Und kam näher.

»Zurück auf dem anderen Weg«, krächzte Frito, »und zwar schnell.«

Die Boggies flohen vor dem unheimlichen *Platschen* um viele Kurven und Kehren, aber es kam immer näher, und die Luft war erfüllt von dem ekligen Geruch muffiger Bonbons. Sie rannten blindlings weiter, bis ein großer Tumult vor ihnen den Fluchtweg versperrte.

»Vorsicht«, flüsterte Frito. »Da ist eine Nark-Patrouille.«

Spam merkte bald, daß dem so war, denn die fiese Nark-Sprache und das Waffengeklirr waren unverkennbar. Wie üblich stritten sich die Narks und machten dreckige Witze, als sie herankamen. Frito und Spam preßten sich an die Wand und hofften, nicht gesehen zu werden.

»Herrje«, zischte eine Stimme im Dunkeln, »hier drinnen überkommt mich immer das Gruseln.«

»Quatschkopf«, fuhr ihn ein anderer an, »der Späher sagt, der Boggie mit dem Ring ist hier drinnen.«

»Ja«, meinte ein dritter, »und wenn wir ihn nicht kriegen, degradiert uns Sauerkopf wieder zu Nachtmahren.«

»Dritter Klasse«, stimmte ein vierter zu.

Die Narks kamen näher, und die Boggies hielten den Atem an, als sie vorbeigingen. Gerade als Frito glaubte, sie seien schon vorbei, packte ihn eine kalte, schmierige Hand an der Brust.

»Na sowas«, frohlockte der Nark, »ich hab' sie, ich hab' sie!«

Im Nu griffen die Narks mit Knüppeln und Handschellen an.

»Sauerkopf wird sich freuen, euch beide zu sehen«, lachte einer und kam mit seinem Gesicht (und seinem Atem) Frito ganz nahe.

Plötzlich erschütterte ein gewaltiges, gutturales Stöhnen den dunklen Gang, und die Narks wichen vor Schreck zurück.

»Pfui Spinne!« schrie einer. »Es ist Ihre Hoheit!«

»Kankra! Kankra!« jammerte ein anderer, schon in der Dunkelheit verschwunden.

Frito zog Stichling aus der Scheide, konnte aber nichts sehen. Als er schnell nachdachte, fiel ihm die Zauber-Schneekugel ein, die Lavalier ihm geschenkt hatte. Er hielt das Glas auf Armeslänge und drückte erwartungsvoll auf den kleinen Knopf unten. Sofort flutete ein blendendes Kohleelektroden-Bogenlicht durch die dumpfige Umgebung und ließ ein riesiges Zimmer erkennen mit Resopal-Wandplatten und billigem Chintz. Und da, vor ihnen, war die entsetzlich große Gestalt von Kankra.

Spam schrie laut auf bei diesem höchst entsetzlichen Anblick. Sie war eine gewaltige, formlose Masse von bebendem Fleisch. Ihre flammend roten Augen funkelten, als sie sich zu den Narks hinwälzte, wobei ihr Hemd aus billigem Druckstoff auf dem Steinboden schleifte. Mit ihrem fetten Körper warf sie sich auf ihre vor Schreck erstarrten Opfer und schlitzte sie mit den Krallen an ihren Pantoffeln und scharfen Fangzähnen auf, an denen große gelbe Tröpfchen von Hühnerbrühe herabrannen.

»Wasch dich hinter den Ohren!« kreischte Kankra, als sie einem Nark ein Glied nach dem anderen ausriß und seine Rüstung wie ein Bonbonpapier beiseite warf.

»Ihr laßt mich hier nie raus«, fauchte sie und stopfte sich den zappelnden Rumpf in den Schlund. »Die besten Jahre meines Lebens habe ich euch geopfert«, tobte sie, und ihre scharfen roten Fingernägel griffen nach den Boggies.

Frito trat zurück an die Wand und hieb mit Stichling nach den gierigen Nägeln, doch gelang es ihm nur, den Lack anzukratzen. Kankra zeterte, ihr Zorn nahm zu. Als das raubgierige Geschöpf auf ihn eindrang, war das letzte, woran Frito sich erinnerte, daß Spam wie verrückt Insektenpulver in Kankras grundlose Kehle sprühte.

NEUNTES KAPITEL

MINAS TRONEY IN DER TINTE

Die Abendsonne ging, wie es ihre Gewohnheit war, im Westen unter, als Gutgolf, Mopsi und Pepsi an den Toren von Minas Troney ihre erschöpften Merinos anhielten. Die Boggies waren geblendet von der sagenhaften Hauptstadt von ganz Zwiedor, der Hochburg des Westens und dem größten Erzeuger in ganz Niedermittelerde von Rohöl, Jo-Jos und Schmirgelscheiben. Rings um die Hufen erstreckte sich die Ebene von Pellegranor, deren Erde reich war an so mancher Darre und Getreidespeichern, ganz zu schweigen von bestellten Äckern, Schafhürden, Kuhställen, plätschernden Bächlein und wogendem Sauerampfer. Der launische Effluvium bespülte dieses grüne Land und versorgte die undankbaren Bewohner Jahr für Jahr mit Rekordernten an Salamandern und Fiebermücken. Kein Wunder, daß die Stadt Unmengen von spitzköpfigen Südländern, dicklippigen Nordländern und homosexuellen Querrudern anzog. Es war der einzige Ort, wo sie einen Paß zur Ausreise aus Zwiedor bekommen konnten.

Die Stadt selbst stammte aus der Altvorderenzeit, als Beltelephon der Senile aus unerklärlichen Gründen verfügte, in diesem flachen Land solle eine königliche Skihütte von außerordentlicher Schönheit gebaut werden. Leider kratzte der alte König ab, ehe der erste Spatenstich getan wurde, und sein wasserköpfiger Sohn, Nabisco der Untaugliche, las bezeichnenderweise die unklaren Baupläne des alten Geizkragens falsch und bestellte mehr Spannbeton, als für den ursprünglichen Entwurf nötig war. Das Ergebnis war Minas Troney oder »Nabiscos Lustschloß«.

Ohne ersichtlichen Grund wurde die Stadt in sieben konzentrischen Ringen angelegt, überragt von einer doppelten Gedenkstatue von Beltelephon und seiner Lieblingskonkubine, die entweder Nephritis die Dicke oder Phyllis hieß. Jedenfalls war die architektonische Wirkung zuletzt die eines italienischen Hochzeitskuchens[1]. Jeder Ring war höher als der vorige, ebenso die Mieten. Im untersten, dem siebenten Ring wohnten die stämmigen Schafreiter der Stadt. Oft konnte man sie pflichtschuldig ihre schön bunten Schafe für dieses oder jenes idiotische Fest putzen sehen. Im sechsten Ring wohnten Kaufleute, im fünften Krieger und so weiter bis zum ersten und höchsten Ring, wo die Großtruchsessen und Zahnärzte wohnten. Jeder Ring war über windbetriebene Rolltreppen zu erreichen, die ständig reparaturbedürftig waren, so daß der soziale Aufsteiger in jener alten Zeit im wahrsten Sinne des Wortes aufstieg. Jeder Ring war stolz auf seine eigene Geschichte und bekundete seine Verachtung des darunter liegenden durch tägliche Bombardements mit Müll, und Redensarten wie »Machen wir's doch wie die Siebener« oder »Liebling, sei nicht so drittringig« waren Allgemeingut[2]. Jeder Ring wurde schiefwinklig geschützt durch vorstehende Brustwehren, die an den gelegentlichen Enjambements mit Simsen und Kreuzgewölben versehen waren. Jedes gelegentliche Enjambement war rechtwinklig zu jeder ebenen angrenzenden Einbahnstraße angeordnet. Kein Wunder, daß die Einwohner zu ihren Verabredungen immer zu spät kamen, wenn sie sich nicht völlig verirrten.

Als die drei sich langsam nach oben schlängelten auf dem Weg zum Palast von Benelux dem Truchseß, gafften die Bürger von Zwiedor sie kurz an und gingen sofort zu ihrem nächsten Optometriker. Auch die Boggies starrten die Städter neugierig an: Menschen, Elben, Zwerge, Banshees und nicht wenige Republikaner waren darunter.

[1] Der Historiker Bocaraton erwähnt, das könne beabsichtigt gewesen sein, »um die Mehlwürmer drinnen zu versinnbildlichen«.

[2] Es ist nicht bekannt, auf wen der Müll des untersten Rings geworfen wurde, aber es wird gemutmaßt, er sei überhaupt nicht weggeworfen, sondern gegessen worden.

»Jede Parteitagsstadt bekommt eine recht gemischte Bevölkerung«, erklärte Gutgolf.

Langsam fuhren sie auf der letzten, quietschenden Rolltreppe nach oben und landeten auf dem ersten Ring. Pepsi rieb sich die Augen, als er das Gebäude vor sich erblickte. Es war eine überaus großzügige Anlage mit ausgedehnten Rasenflächen und üppigen Blumenbeeten. Der Weg unter ihren Füßen war mit teurem Marmor gepflastert, und das Plätschern vieler Springbrunnen klang wie Silbermünzen. An der Tür wurden sie ziemlich grob beschieden, daß der Zahnarzt nicht zu Hause sei und sie vermutlich den alten Trottel um die Ecke suchten.

Dort fanden sie einen baufälligen Palast aus den stabilsten Holzfaserplatten, dessen Wände gerötet waren von Intarsien aus Kandiszucker und alten Katzenaugen. Über der Tür aus versteiftem Sperrholz verkündete ein Schild: *Der Truchseß ist nicht zu Hause.* Darunter war ein zweites Schild, auf dem stand: *Zum Essen gegangen,* und auf einem dritten: *Angeln gegangen.*

»Benelux ist wohl nicht hier, wenn ich diese Schilder richtig lese«, sagte Mopsi.

»Ich glaube, das ist bloß Bluff«, sagte Gutgolf und läutete anhaltend, »denn die Truchsessen von Minas Troney haben sich auf ihre Weise immer gern zurückgezogen. Benelux der Tölpel, Sohn von Electrolux dem Geizhals, entstammt einem alten Geschlecht von Truchsessen, das viele unfruchtbare Generationen zurückreicht. Lange haben sie Zwiedor beherrscht. Der erste Großtruchseß, Paraffin der Aufsteiger, war in König Chloroplasts Küche als zweiter Küchenjunge angestellt, als der alte König auf tragische Weise ums Leben kam. Offenbar fiel er zufällig rückwärts auf ein Dutzend Salatgabeln. Gleichzeitig floh der rechtmäßige Erbe, sein Sohn Carotin, geheimnisvollerweise aus der Stadt und beklagte sich über eine Art Verschwörung und eine Menge bedrohlicher Notizen, die auf seinem Frühstückstablett zurückgelassen worden waren. Damals sah das verdächtig aus in Anbetracht des Todes seines Vaters, und Carotin wurde der Verräterei beschuldigt. Dann starben die übrigen

Verwandten des Königs einer nach dem anderen auf seltsame Weise. Einige fand man mit Geschirrtüchern erwürgt, andere erlagen Nahrungsmittelvergiftungen. Einige wurden in Suppenkübeln ertrunken aufgefunden, und einer wurde von unbekannten Gegnern angegriffen und mit Schmorfleisch totgeschlagen. Mindestens drei scheinen sich rückwärts auf Salatgabeln geworfen zu haben, vielleicht in einer noblen Geste des Kummers über das vorzeitige Ende des Königs. Schließlich war nur noch einer in Minas Troney übrig, der entweder geeignet oder bereit war, die verfluchte Krone zu tragen, und die Herrschaft über Zwiedor konnte erlangen, wer wollte. Der Küchensklave Paraffin übernahm tapfer die Truchsessenwürde bis zu dem Tag, an dem ein direkter Nachkomme von Carotin zurückkehrt, seinen rechtmäßigen Thron zurückfordert, Zwiedors Feinde besiegt und das Postwesen wieder aufmöbelt.«

Just da öffnete sich ein Sehschlitz in der Tür, und ein rundes und glänzendes Auge betrachtete sie.

»W-w-was wollt ihr?« fragte eine Stimme.

»Wir sind Wanderer und hergekommen, um Minas Troney Beistand zu leisten. Ich bin Gutgolf Grauzähne.« Der Zauberer zog ein zerknülltes Stück Papier aus seiner Brieftasche und steckte es durch den Schlitz.

»W-was ist das?«

»Meine Visitenkarte«, erwiderte Gutgolf. Sie kam sofort in ein Dutzend Fetzen gerissen zurück.

»Truchseß nicht zu Hause. Auf Urlaub. K-k-keine H-hausierer!« Der Sehschlitz schloß sich mit einem kleinen Knall.

Aber Gutgolf ließ sich nicht so leicht hinters Licht führen, und die Boggies sahen seinen Augen an, daß er über diese Unverschämtheit wütend war. Seine Pupillen gingen kreuz und quer wie die Orangen eines Jongleurs. Er läutete wieder, lange und laut. Das Auge zwinkerte sie an, und ein Knoblauchduft drang aus dem Schlitz.

»Ihr w-w-wieder? Sagte doch, er duscht gerade.« Und der Schlitz schloß sich.

Gutgolf sagte nichts. Er langte in seine Mao-Jacke und zog eine schwarze Kugel heraus, von der Pepsi zuerst glaubte, es sei der *mallomar* mit einer Schnur daran. Gutgolf zündete sie mit seiner Zigarre an und warf die Kugel auf den Briefschlitz. Dann rannte er um die Ecke, und die Boggies folgten ihm. Es gab ein lautes Dröhnen, und als die Boggies um die Ecke spähten, war die Tür wie durch Hexerei verschwunden.

Stolz durchschritten die drei das rauchende Portal. Sie sahen sich einem schäbig gekleideten alten Palastwächter gegenüber, der sich Ruß aus den schmerzenden Augen wischte.

»Du kannst Benelux sagen, daß Gutgolf der Zauberer eine Audienz erwartet.«

Der tatterige Krieger verbeugte sich grollend und führte sie durch die luftlosen Korridore.

»D-d-dem T-truchseß w-wird d-das n-nicht g-gefallen«, krächzte der Alte. »I-i-ist s-seit Jahren nicht aus dem P-palast h-h-herausgekommen.«

»Wird das Volk nicht aufsässig?« fragte Pepsi.

»I-ihre Sache«, brummte der Palastwächter.

Er führte sie durch eine Wappenhalle, deren Pappbögen und Gipsgewölbe ihre Köpfe um einen ganzen Fuß überragten. Reich mimeographierte Wandbehänge schilderten anschaulich die legendären Taten früherer Könige. Pepsi gefiel besonders einer über einen längst toten König und eine Ziege, und sagte es. Gutgolf knallte ihm eine. Die Wände glitzerten vor eingelegten Gingerbier-Flaschen und Modeschmuck, und die blankgeputzten Aluminiumwaffen warfen leuchtende Reflexe auf das handgelegte Linoleum zu ihren Füßen.

Schließlich kamen sie in den Thronsaal mit seinem sagenhaften Reißnagelmosaik. Nach seinem Aussehen zu urteilen, diente der königliche Thronsaal gleichzeitig als königliche Dusche. Der Wächter verschwand, und an seiner Stelle erschien ein ebenso betagter Page in einer olivgrünen Livree. Er schlug auf einen Messinggong und schnarrte:

»Verbeugt euch und macht euren Kratzfuß vor Benelux, dem

Großtruchseß von Zwiedor, dem getreuen Regenten des verschwundenen Königs, der eines Tages zurückkommen wird, wie es heißt.«

Der altersgraue Page verzog sich hinter einen Wandschirm, und in der Nähe flatterte ein Vorhang. Heraus rollte der verhutzelte Benelux auf einem abgenutzten Rollstuhl, der von zwei schnaufenden Waschbären gezogen wurde. Er trug Smokinghosen, eine kurze rote Jacke und einen mit Druckknöpfen befestigten Querbinder. Auf dem kahl werdenden Kopf ruhte eine Chauffeurmütze, verziert mit dem Wappen der Truchsesse, einem recht protzigen Ding, das ein geflügeltes und ein Teetablett tragendes Einhorn zeigte. Mopsi nahm eine deutliche Duftwolke von Knoblauch wahr.

Gutgolf räusperte sich, denn der Truchseß schlief offensichtlich fest.

»Grüße und frohe Feiertage«, begann er. »Ich bin Gutgolf, Hofzauberer gekrönter Häupter von Niedermittelerde, Wunderwirker und anerkannter Chiropraktiker.«

Der alte Truchseß öffnete ein verklebtes Auge und betrachtete Mopsi und Pepsi voll Abscheu.

»W-was sind denn das für welche? Schild an der Tür sagt ›keine Haustiere‹.«

»Es sind Boggies, mein Lehnsherr, kleine, aber vertrauenswürdige Verbündete von uns im Norden.«

»Werd den Dienern sagen, sollen etwas Papier hinlegen«, murmelte der Truchseß, während ihm sein runzliger Kopf schwer auf die Brust sank.

Gutgolf räusperte sich noch einmal und fuhr fort:

»Leider bin ich der Überbringer unheilvoller und betrüblicher Nachrichten. Sauerkopfs ruchlose Narks haben Euren geliebten Sohn Bromosel erschlagen, und jetzt begehrt der Dunkle Herrscher Euer Leben und Euer Reich für seine unsäglichen Vorhaben.«

»Bromosel?« fragte der Truchseß, raffte sich ein wenig auf und stützte sich auf einen Ellbogen.

»Euer eigener, geliebter Sohn«, half Gutgolf nach.

Ein Fünkchen Erinnerung flackerte in den müden, alten Augen.

»Ach, er. Sch-schreibt nie, außer um Geld. Genau wie der andere. Sehr schade.«

»Deshalb sind wir mit einer Armee gekommen, wenige Tagesritte hinter uns, um Euren Kummer an Fordor zu rächen«, erklärte Gutgolf.

Der Truchseß hob die schwachen Hände zu einer Geste der Verärgerung.

»Fordor? N-n-nie gehört. Von unbedeutendem Zauberer auch nicht. Audienz beendet«, sagte der Truchseß.

»Beleidigt den Weißen Zauberer nicht«, warnte Gutgolf, während er etwas aus seiner Tasche zog, »denn ich besitze viele Machtmittel. Hier, nehmt eine Karte. Irgendeine.«

Benelux wählte aus den zweiundfünfzig Herz-Sieben eine und zerriß sie zu Konfetti. »Audienz beendet«, wiederholte er mit Entschiedenheit.

»Törichter Greis«, brummte Gutgolf später in ihrem Zimmer in einem Gasthaus. Seit über einer Stunde hatte er vor Wut geschäumt und getobt.

»Aber was können wir tun, wenn er uns nicht hilft?« fragte Mopsi. »Bei dem piept's wohl?«

Gutgolf schnalzte mit den Fingern, als ob ihm plötzlich ein Gedanke durch den schlauen Kopf geschossen wäre.

»Das ist es«, lachte er. »Von dem alten Blödmann ist bekannt, daß er geisteskrank ist.«

»Seine Kumpel ebenfalls«, bemerkte Pepsi verständig.

»Und auch psychotisch«, überlegte sich der Zauberer. »Ich wette, er hat eine Menge Selbstmordpsychosen. Selbstzerstörend. Ein typischer Fall, wie er im Buch steht.«

»Selbstmord?« fragte Pepsi. »Wie kommst du darauf?«

»Bloß so eine Ahnung«, erwiderte Gutgolf zurückhaltend, »bloß eine Ahnung.«

Die Nachricht vom Selbstmord des alten Truchsessen an jenem Abend erregte die Stadt. Die Boulevardzeitungen brachten eine große Photographie des brennenden Scheiterhaufens, auf den er gesprungen war, nachdem er sich zuerst raffiniert gefesselt und ein letztes Lebewohl an seine Untertanen geschrieben hatte. Die Schlagzeilen dieses Tages lauteten reißerisch *Bekloppter Benelux verbrennt sich,* und in späteren Ausgaben hieß es: *Zauberer sah Truchseß als letzter: bezeichnet Sauerkopf als Ursache für Bs Qual.* Da das ganze Personal von Benelux geheimnisvollerweise verschwunden war, übernahm Gutgolf es großmütig, ein Staatsbegräbnis anzuordnen und eine Mittagsstunde der Volkstrauer für den verstorbenen Herrscher zu verkünden. In den nächsten paar Tagen der Verwirrung und politischen Unruhe hielt der redegewandte Zauberer gelassen zahlreiche Pressekonferenzen ab. Stundenweise konferierte er mit hohen Beamten und erklärte, es sei der letzte Wunsch seines alten Freundes gewesen, daß er, Gutgolf, die Zügel der Regierung führe, bis sein überlebender Sohn Faraschlaks zurückkehre. In unbewachten Augenblicken konnte er im Exekutiv-Waschraum des Palastes gefunden werden, wo er versuchte, einen schwachen Geruch von Knoblauch und Kerosin zu vertreiben.

Innerhalb bemerkenswert kurzer Zeit hatte Gutgolf es erreicht, daß die verschlafene Hauptstadt über eine schlagkräftige Miliz verfügte. Der Zauberer erfaßte Minas Troneys Ressourcen, stellte persönlich Verpflegungslisten und Befestigungspläne auf und vergab lukrative Rüstungsaufträge, die er selbst ausführte. Zuerst gab es laute Proteste gegen Gutgolfs außerordentliche Machtfülle. Aber dann begann sich über der Stadt eine bedrohliche schwarze Wolke zusammenzuziehen. Das sowie ein paar unerklärte Explosionen in Zeitungsredaktionen der Opposition brachten »diese verdammten Isolationisten«, wie Gutgolf sie in einem vielfach abgedruckten Interview bezeichnete, zum Verstummen. Bald darauf berichteten Versprengte aus den östlichen Provinzen von Narkhorden, die Zwiedors vorgeschobenen Grenzposten Ossiflixt angegriffen und erobert hatten. Zwiedor wußte, daß Sauerkopfs Hunde bald an den Hosenaufschlägen der Stadt schnüffeln würden.

Mopsi und Pepsi zappelten ungeduldig im Wartezimmer von Gutgolfs Palastdiensträumen, denn ihre Füße reichten bei weitem nicht bis auf den Plüschteppich. Zwar waren sie stolz auf ihre neue Uniform (Gutgolf hatte sie beide zu zwiedorischen Oberstleutnants ernannt), aber sie hatten den Zauberer kaum gesehen, und das Gerücht über Narks hatte sie ganz schön nervös gemacht.

»Kann er uns jetzt nicht empfangen?« jammerte Pepsi.

»Wir warten schon seit Stunden«, fügte Mopsi hinzu.

Die hübsche Elben-Vorzimmerdame schob gleichmütig ihre Torques in die eng anliegende Bluse.

»Tut mir leid«, sagte sie zum achtenmal an diesem Vormittag, »aber der Zauberer ist noch in einer Besprechung.«

Die Glocke auf ihrem Schreibtisch läutete, und ehe sie die Wechselsprechanlage mit der Hand abdecken konnte, hörten die Boggies Gutgolfs Stimme.

»Sind sie noch nicht weg?«

Die Elbenmaid errötete, als die Boggies an ihr vorbei und durch die Tür in Gutgolfs Büro stürzten. Dort fanden sie den Zauberer mit einer dicken Zigarre zwischen den Zähnen und zwei erblondeten Grazien, die auf seinen knochigen Knien hockten.

Er warf Mopsi und Pepsi einen verärgerten Blick zu.

»Seht ihr nicht, daß ich beschäftigt bin?« fauchte er. »Eine Besprechung. Sehr wichtig.« Gutgolf tat so, als wollte er die Besprechung fortsetzen.

»Nicht so rasch«, sagte Pepsi.

»Ja, nicht so rasch«, bekräftigte Mopsi und machte sich über den Teller mit schwarzem Kaviar auf Gutgolfs Schreibtisch her.

Gutgolf seufzte tief und bat die trägen Grazien, sich zurückzuziehen.

»So, so«, sagte Gutgolf mit erzwungener Liebenswürdigkeit.

»Was kann ich für euch tun?«

»Nicht soviel, wie du anscheinend für dich getan hast«, sagte Mopsi mit einem schwarz verschmierten Grinsen.

»Kann mich nicht beklagen«, erwiderte Gutgolf. »Das Glück ist mir hold gewesen. Greift nur zu bei meinem Lunch.« Mopsi hatte es schon aufgegessen und stöberte in Gutgolfs Schubladen nach mehr.

»Wir bekommen es mit der Angst zu tun«, sagte Pepsi, als er sich auf einen teuren Sessel mit einem Bezug aus Trollhaut fallen ließ. »Gerüchte gehen in der Stadt um von Narks und anderen fiesen Feinden, die aus dem Osten kommen. Eine schwarze Wolke hängt über unseren Köpfen, und die Aktien der Stadtwerke sind um achteinhalb gefallen.«

Gutgolf blies einen dicken blauen Rauchring.

»Derlei Dinge gehen kleine Leute nichts an«, sagte er. »Außerdem macht ihr euch meine Argumente zunutze.«

»Aber die schwarze Wolke?« fragte Pepsi.

»Bloß ein paar Ölfässer zur Qualmerzeugung, die ich im Vorwärtswald aufgestellt habe. Das hält die Leute hier in Trab.«

»Und die Gerüchte von Eindringlingen?« fragte Mopsi.

»Ganz einfach«, sagte Gutgolf. »Sauerkopf wird Minas Troney eine Zeitlang nicht angreifen, und bis dahin werden unsere Gefährten der Stadt Verstärkungen gebracht haben.«

»Dann besteht also vorläufig keine Gefahr?« wollte Pepsi wissen.

»Vertraue mir«, sagte Gutgolf, während er sie zur Tür begleitete. »Zauberer wissen so manches.«

Der Überraschungsangriff im Morgengrauen des nächsten Tages war für alle in Minas Troney eine Überraschung. Keine der geplanten Befestigungen war fertiggestellt, und das Material und die Arbeitskräfte, die von Gutgolfs Büro bestellt und bezahlt waren, waren überhaupt nicht erschienen. In der Nacht hatte eine große Horde die schöne Stadt völlig umzingelt, und ihre schwarzen Feldlager bedeckten die grüne Ebene wie ein wochenalter Schorf. Schwarze Fahnen mit der Roten Nase von

Sauerkopf flatterten rings um die Stadt. Dann, als die ersten Sonnenstrahlen auf das Land fielen, griff die Schwarze Armee die Wälle an.

Hunderte von Narks, die Sinne befeuert durch billigen Muskateller, stürzten sich auf die Tore. Hinter ihnen kamen Kompanien von verräterischen Trollen und schurkischen Pandas, die vor Haß geiferten. Ganze Brigaden von psychotischen Banshees und Unholden erhoben ihre Stimmen zu einem abscheulichen Kriegsgeschrei. In der Nachhut marschierten Niblicks und fürchterliche Mashies, die mit einem einzigen Schlag ihrer tödlichen Fleischklopfer so manchen tapferen Zwiedorier niederstrecken konnten. Von einer Anhöhe herab erschien eine blutdürstige Menge von Stenotypistinnen und die gesamte June-Taylor-Tanzgruppe. Ein höchst entsetzlicher Anblick.

Gutgolf, Mopsi und Pepsi beobachteten das von den Wällen aus. Die Boggies waren voller Angst.

»Sie sind so viele, und wir sind so wenige!« rief Pepsi voller Angst.

»Ein getreues Herz ist so stark wie zehn«, sagte Gutgolf.

»Wir sind so wenige, und sie sind so viele«, rief Mopsi voller Angst.

»Beim Warten wird die Zeit lang; pfeift euch eins«, bemerkte Gutgolf. »Viele Köche verderben das Durcheinander.«

Beruhigt legten die Boggies ihre Beinschienen, Harnische, Panzerhandschuhe und Schulterpolster an und schmierten sich dick mit Jodtinktur ein. Beide waren mit einem zweischneidigen Spachtelmesser bewaffnet, dessen Klinge sowohl scharf als auch verläßlich war. Gutgolf trug einen alten Tiefseetaucheranzug aus ganz festem Latex. Nur der gut gestutzte Bart war durch das kleine runde Fenster des Helms erkennbar. In der Hand hielt er eine uralte und vertrauenswürdige Waffe, die die Elben einen halbautomatischen Browning nannten.

Pepsi sah flüchtig einen Schatten über ihnen und schrie. Dann hörte man ein *Herabstoßen*, und alle drei duckten sich gerade noch rechtzeitig. Ein lachender Nozdrul fing seinen Killer-Pelikan aus dessen Sturzflug ab. Der Himmel wimmelte plötzlich von den schwarzen Vögeln, jeder gelenkt von einem mit Schutzbrille versehenen Schwarzen Reiter. Die Marodeure flatterten hierhin und dorthin, machten Luftaufnahmen und griffen im Tiefflug Krankenhäuser, Waisenhäuser und Kirchen mit Guano an. Als sie über der erschrockenen Stadt kreisten, öffneten die Pelikane ihre mit Reißzähnen bestückten Rachen und spieen unbedruckte Propagandaflugblätter herab auf die analphabetischen Verteidiger.

Aber die Zwiedorier wurden nicht nur von oben zermürbt. Landstreitkräfte bombardierten jetzt das Haupttor und schossen mit brennenden Matzekugeln und den gesammelten Werken von Rod McKuen Männer von den Wällen herunter. Die Luft war erfüllt vom Schwirren vergifteter Bumerangs und pfeilgeschwinder Drops. Von letzteren zerbeulten mehrere Gutgolfs Helm und verursachten eine fast tödliche Migräne.

Mit einemmal teilten sich die ersten Glieder vor den Mauern, und die Boggies schrien vor Staunen auf. Ein ungeheures schwarzes Nabelschwein galoppierte zum Tor. Sein Reiter war der Herr der Nozdruls. Er war ganz schwarz gekleidet; große Schneeketten hingen an seiner Lederjacke. Das gewaltige Gespenst saß von seinem Keiler ab, und seine hohen Stiefel sanken tief in den harten Boden ein. Mopsi sah flüchtig ein groteskes, pickliges Gesicht; die Fangzähne und fettigen Koteletten des Feindes schimmerten naß in der Mittagssonne. Er warf einen gehässigen Blick auf die Brustwehren der Zwiedorier, dann hob er eine schwarze Spielzeugpfeife an gähnende Nasenlöcher und schnaubte einen einzigen, ohrenzerreißenden Pfiff.

Sofort trudelte eine Korporalschaft Gnome, halb besoffen von Hustensirup, auf schwarzen Rollschuhen aus einem riesigen weiblichen Drachen. Der Reiter tätschelte ihr die hornige Schnauze, kletterte auf ihren schuppigen Rücken und lenkte die Aufmerksamkeit des einzigen, blutunterlaufenen Auges des Untiers auf das Stadttor. Das Reptil nickte und machte sich auf seinen Rädern zu dem hölzernen Tor auf. Voll Schrecken sahen die Zwiedorier, daß der Nozdrul den Sparbrenner des Drachens anzündete; er gab den Flanken des Ungeheuers die Sporen, und ein Schwall von brennendem Propangas brach aus dessen offenem Maul hervor. Die Mauer flammte auf und zerfiel in Asche. Narks sprangen ungeduldig über die züngelnden Flammen und stürmten in die Stadt.

»Alles ist verloren«, schluchzte Mopsi. Er schickte sich an, über die Mauer zu springen.

»Verzweifle nicht«, befahl Gutgolf durch sein kleines Helmfenster. »Bring mir meine weißen Gewänder, und zwar schnell!«

»Ah!« rief Pepsi, »weiße Gewänder für weiße Magie!«

»Nein«, sagte Gutgolf, während er die Kleidung an einem Billardqueue festklammerte, »weiße Gewänder als weiße Fahne.«

Just als der Zauberer seine Gewänder wie wild als Semaphor schwenkte, hörte man im Westen den Klang von hundert Hörnern, denen ebenso viele im Osten antworteten. Ein heftiger Wind zerriß die schwarze Wolke und zerstreute sie, und durch den sich verziehenden Dunst sah man einen großen Schild, der die Inschrift trug: *Vorsicht, Rauchen gefährdet Ihre Gesundheit;* die Felsen barsten und der Himmel, wenngleich wolkenlos, donnerte, als ob tausend Bühnenarbeiter auf tausend Bleche schlügen. Tauben stiegen auf.

Aus allen Himmelsrichtungen sahen die erfreuten Zwiedorier große Heere herankommen mit Militärkapellen, Feuerwerk und Unmengen bunter Wimpel. Im Norden war Gimbohr, der eine Schar von tausend Zwergen anführte, im Süden die vertraute zackige Gestalt von Eoweh, die dreitausend Berserker-Schafreiter befehligte; aus dem Osten kamen zwei große Armeen, die eine bestand aus Faraschlaks' kampferprobten Grünen Toupets, die andere hatte Legolam aus viertausend Innendekorateuren zusammengestellt, die sich durch scharfe Nägel auszeichneten. Und schließlich ritt aus dem Westen der grau gekleidete Arabikum heran, der eine Gruppe von vier Streit-Dachsen und einem kränklichen Pfadfinder anführte.

Im Nu hatten sich die Heere der befestigten Stadt genähert

und fielen über den von Panik ergriffenen Feind her. Die Schlacht tobte, und die umzingelten Angreifer wurden mit Schwert und Keule niedergemäht. Wenn angstvolle Trolle den mörderischen Roi-Tanner-Hufen entkamen, dann wurden sie von den Spitzhacken und Schaufeln der Zwerge in Stücke gehauen. Der Boden war übersät mit Leichen von Narks und Banshees, und der Herr der Nozdruls wurde von erzürnten Elben eingekreist, die ihm die Augen auskratzten und ihn am Haar zogen, bis er sich in seiner Verwirrung ins eigene Schwert stürzte. Die schwarzen Pelikane und ihre Nozdrul-Piloten wurden in der Luft von Flak-Möwen zerhackt, und der Drache wurde von dem Pfadfinder in die Enge getrieben und mit Pfeilen bombardiert, die Gummispitzen hatten, bis das Reptil einen völligen Nervenzusammenbruch erlitt und mit einem lauten Bums kollabierte.

Die Zwiedorier, die wieder Mut gefaßt hatten, stürzten von den Wällen und fielen über die Feinde her, die noch in der Stadt waren. Mopsi und Pepsi zogen ihre Spachtelmesser und handhabten sie geschickt. Bald hatte keine Leiche noch eine Nase, die sie ihr eigen nennen konnte. Gutgolf war damit beschäftigt, Narks von hinten mit seinem Gummiluftschlauch zu erdrosseln, und Arabikum tat wahrscheinlich dieses oder jenes, das ziemlich tapfer war. Als er später über die Schlacht befragt wurde, drückte er sich indes im allgemeinen eher vage aus.

Endlich waren alle Feinde erschlagen, und die wenigen, denen es gelang, den tödlichen Ring von Kriegern zu durchbrechen, wurden rasch eingeholt und durch einen Schlag mit einem Roi-Tanner-Staubwedel ins Jenseits befördert. Die Leichen der Narks wurden eingesammelt und in Grabhügel gelegt. Dann gab Gutgolf spaßeshalber bekannt, sie sollten einzeln als Geschenk verpackt und gegen Nachnahme nach Fordor geschickt werden. Die Zwiedorier begannen die beschmutzten Brustwehren mit dem Schlauch abzuspritzen, und der noch zitternde Körper des Drachen wurde für das Siegesfestmahl am Abend in die königliche Küche gekarrt.

Doch nicht alles stand zum besten in Zwiedor. Viele gute und treue Männer waren gefallen: die Brüder Reimbert und Reimbolt und Eowehs Onkel, der vertrauenswürdige Eodrum. Zwerge und Elben hatten Verluste erlitten, und das Klagen der Trauernden vermischte sich mit dem Frohlocken über den Sieg.

Obwohl sich die Heerführer glücklich versammelten, um sich zu begrüßen, waren auch sie nicht von schlimmen Verletzungen verschont geblieben. Faraschlaks, Benelux' Sohn und Bromosels Bruder, hatte vier Zehen verloren und eine klaffende Wunde quer über dem Bauch. Die schöne Eoweh hatte einen Hieb auf ihren kräftigen Bizeps erhalten, und ihre beiden Monokel waren zertrümmert. Mopsi und Pepsi hatten im Kampf ein Stückchen ihres rechten Ohrläppchens eingebüßt, und Legolams linker kleiner Finger war schwer verstaucht. Gimbohrs spitzer Kopf war etwas abgeflacht durch den Klopfer eines Mashie, aber die abgezogene Haut, die er jetzt als Regenmantel trug, zeugte für den Ausgang dieses Duells. Als letzter humpelte Gutgolf heran, gestützt von dem wunderbarerweise völlig unversehrten Waldläufer. Die weißen Hosen des alten Zauberers waren scheußlich zerfetzt, auf der Vorderseite seiner Nehrujacke war ein häßlicher Fleck, und seine schicken Stiefel waren hoffnungslos hinüber. Auch trug er den rechten Arm in einer farblich passenden Schlinge, aber als er später dazu neigte, mal diesen, mal jenen Arm in die Schlinge zu stecken, wurde diese Wunde nicht mehr so recht ernst genommen.

Sie schwammen in Tränen, als sie einander begrüßten. Sogar Gimbohr und Legolam brachten es fertig, ihre Feindschaft auf ein oder zwei obszöne Gesten zu beschränken. Es gab viel Gelächter und Umarmungen, besonders zwischen Arabikum und Eoweh. Indes war Arabikum nicht blind für gewisse Blicke, die ausgetauscht wurden, als der stämmige Faraschlaks der Schafreiterin vorgestellt wurde.

»Und dieser Held«, sagte Gutgolf schließlich zu Arabikum, »ist der tapfere Faraschlaks, der rechtmäßige Erbe des Truchsessenamts von Zwiedor.«

»Ich bin entzückt, mein Wort darauf«, erwiderte Arabikum eisig, während er dem Krieger die Hand schüttelte und ihm gleichzeitig auf den verwundeten Fuß trat. »Ich bin Arabikum von Arabeske, rechtmäßiger Sohn von Arachnit und *rechtmäßiger König von ganz Zwiedor.* Die schöne Eoweh, die Ihr eben kennengelernt habt, *ist meine Verlobte und Königin!*« Der Nachdruck, den der Waldläufer auf seine förmliche Begrüßung legte, entging niemandem.

»Grüße und Glückwünsche«, sagte der Grüne Toupet. »Möge Eure Regierung und Ehe so lange währen wie Euer Leben.« Er zerquetschte Arabikums Hand, als er sie schüttelte.

Die beiden sahen einander mit unverhülltem Haß an.

»Laßt uns alle in das Haus der Heilung gehen«, sagte Arabikum schließlich, als er seine zermanschten Finger betrachtete, »denn es gibt viele Wunden, die ich heilen möchte.«

Bis die Gefährten den Palast erreicht hatten, war viel gesagt worden. Gutgolf wurde allseits dazu beglückwünscht, daß er mit seiner Flagge das Zeichen zum Angriff gegeben hatte. Viele staunten über seine Klugheit, weil er gewußt hatte, daß Hilfe unterwegs war, aber er selbst schwieg sich seltsamerweise darüber aus. Die Gefährten waren auch betrübt, daß Vogelauge heute an ihrer Siegesfeier nicht teilnehmen konnte, denn der grüne Riese und seine zuverlässigen Vegetabilen waren auf dem Rückweg von Isentrop von einer schwarzen Herde von Sauerkopfs Geister-Kaninchen aus dem Hinterhalt überfallen worden. Von dem einst mächtigen Heer war nicht ein einziger Stengel übriggeblieben. Mopsi und Pepsi vergossen bittere Tränen über den Verlust ihrer fruchtbaren Karotten und tanzten eine kleine Gigue der Verzweiflung.

»Und nun«, sagte Arabikum zu den verwundeten Kriegern und deutete auf einen Betonbunker, »wollen wir uns zurückziehen ins Jen ... hm ... Haus der Heilung, wo wir unsere Unannehmlichkeiten beseitigen können.« Er sah Faraschlaks vielsagend an.

»Heilen, wozu denn, wir ist okay«, wandte Eoweh ein und warf Faraschlaks einen Blick zu wie ein Hund, der über ein Pfund Steaks frohlockt.

»Hört auf meine Worte«, befahl Arabikum und stampfte mit einem Stiefel auf.

Die Gefährten protestierten schwach, gehorchten aber, um seine Gefühle nicht zu verletzen. Drinnen zog Arabikum eine weiße Schürze an, bewaffnete sich mit einem Plastik-Stethoskop und rannte hierhin und dorthin, um nach den Patienten zu sehen. Faraschlaks legte er in ein Einzelzimmer weit weg von den anderen.

»Nur das Beste für den Truchseß von Zwiedor«, erklärte er.

Bald waren alle versorgt, ausgenommen der neue Truchseß. Arabikum behauptete, Faraschlaks habe in seinem Einzelzimmer einen Rückfall erlitten, und eine Operation sei sofort notwendig. Er werde die anderen später beim Siegesfestmahl sehen.

Das Festmahl in der Haupt-Cafeteria von Benelux' Palast war ein sehenswerter Anblick. Gutgolf hatte große Vorräte an Delikatessen aufgetrieben; zufällig dieselben Delikatessen, die vorher auf der Verpflegungsliste des Zauberers gestanden hatten. Ellenlange Schlangen aus Kreppapier und bunte Lampions blendeten die Augen der Gäste. Gutgolf selbst hatte die zweiköpfige reine Troll-Kapelle engagiert, die auf einem niedrigen Podium aus alten Apfelsinenkisten saß und die Speisenden musikalisch ergötzte, und alle sprachen ausgiebig den kleinen Fässern mit Fusel-Met zu. Die Gäste, beschwipste Elben, besoffene Zwerge, torkelnde Menschen und ein paar nicht zu identifizierende Beduselte, schwankten dann mit ihren randvollen Tabletts zu der langen Tafel und begannen so gierig zu essen, als wäre es ihre letzte Mahlzeit.

»Nicht so dumm, wie sie aussehen«, bemerkte Gutgolf müde zu Legolam links von ihm.

Der Zauberer, prächtig gekleidet in frischen Hosen, saß zusammengesunken am Kopfende des Tisches mit den stinkevollen Boggies, Legolam, Gimbohr und Eoweh auf den Ehren-Klappstühlen. Nur die Abwesenheit von Faraschlaks und Arabikum verhinderte noch den offiziellen Teil des Abends.

»Was meinst du, wo sie sind?« fragte Mopsi schließlich, das Geklapper von Tabletts und Plastikbechern übertönend.

Mopsis Frage wurde beantwortet, zumindest halb, als sich die Pendeltür des Bankettsaals öffnete und eine blutbefleckte, zerzauste Gestalt erschien.

»Stapfer!« rief Pepsi.

Die Hunderte von Gästen unterbrachen ihr Mahl. Vor ihnen stand Arabikum, noch in seiner Schürze, von der Gesichtsmaske bis zu den Stiefeln blutbedeckt. Eine Hand war mit Binden umwickelt, und unter einem Auge hatte er eine häßlich aussehende Schwellung.

»Was ist?« fragte Eoweh. »Wo ist der hübsche Faraschlaks?«

»Ach«, seufzte der Waldläufer, »Faraschlaks ist tot. Ich habe mich nach Kräften bemüht, seine Wunden zu heilen, aber es war vergeblich. Er hatte viele und schwere Verletzungen.«

»Was war los mit ihm?« schluchzte die Roi-Tanner. »Er war munter, als wir uns trennten.«

»Unheilbare Abschürfungen und Quetschungen«, sagte Arabikum und seufzte wieder, »mit Komplikationen. Seine Nagelhäute waren völlig abgelöst, der arme Kerl. Hatte überhaupt keine Chance.«

»Ich hätte schwören können, daß er nicht mehr als einen Bums auf den Kopf hatte«, murmelte Legolam im Schutz seines Ärmels.

»Ja«, erwiderte Arabikum und warf dem Elben einen vernichtenden Blick zu, »so mag es jemandem erscheinen, der ungeschult ist in der Kunst des Heilens. Aber dieser Bums, dieser verhängnisvolle Bums, war sein Untergang. Er war Wasser auf das Gehirn. Das ist zu neunzig Prozent tödlich. Ich mußte amputieren. Traurig, sehr traurig.«

Mit kummervoll zerfurchtem Gesicht begab sich Arabikum zu seinem Klappstuhl. Als wäre das ein vorher verabredetes Zeichen gewesen, sprangen einige verdächtig aussehende Pfadfinderinnen auf und schrien: »Der letzte Truchseß ist tot! Heil Arabikum, Arabeskes Sohn, Heil dem König von Zwiedor!«

Stapfer legte die Hand an die Hutkrempe als bescheidenen Dank für Zwiedors neue Untertanentreue, und Eoweh, die merkte, woher der Wind wehte, schlang mit einem glaubwürdigen Wonneschrei dem neuen König ihre muskulösen Arme um den Hals: Die übrigen Gäste, die entweder verwirrt oder betrunken waren, jubelten mit tausend Stimmen.

Aber dann hörte man aus dem Hintergrund eine schrille, hohe Stimme. »Nein, nein«, kreischte sie.

Arabikum blickte forschend über den Tisch, und die benommene Menge wurde still. Ganz am Ende saß eine vierschrötige Gestalt mit einer schwarzen Nasenklappe, die ganz grün gekleidet war. Es war Magnavox, der Freund des verstorbenen Faraschlaks'.

»Sprich«, befahl Arabikum und hoffte, er würde es nicht tun.

»Wenn du der rechtmäßige König von Zwiedor bist«, flötete Magnavox trunken, »mußt du nach der Prophezeiung unsere Feinde vernichten. Das mußt du tun, ehe du König wirst. Diese Tat mußt du vollbringen.«

»Das möchte ich mal sehen«, kicherte Gimbohr.

Arabikum zwinkerte ängstlich.

»Feinde? Aber wir sind hier doch alle Freunde . . .«

»Pst«, sagte Gutgolf ihm vor. »Sauerkopf? Fordor? Nozdruls? Der du weißt schon was?«

Stapfer biß sich nervös auf die Lippen und dachte nach.

»Nun ja, es liegt uns wohl ob, zu Sauerkopf zu marschieren und ihn herauszufordern, nehme ich an.«

Gutgolf sperrte vor Staunen Mund und Nase auf, aber ehe er Stapfer erwürgen konnte, sprang Eoweh auf den Tisch.

»Recht hat er! Wir marschieren gegen den Sauerkopfer und machen ihn fertig!«

Gutgolfs Schreie gingen unter im alkoholischen Beifallsgebrüll des Saals.

Am nächsten Morgen marschierten die Armeen von Zwiedor gen Osten, beladen mit langen Lanzen, scharfen Schwertern und mörderischem Kater. Die Tausende wurden von Arabikum angeführt, der schlaff auf seinem Damensattel saß und unheimlich sauer war. Gutgolf, Gimbohr und die übrigen, die mit ihm ritten, beteten, ihr Schicksal möge schnell, schmerzlos und, wenn möglich, das eines anderen sein.

So manche Stunde mühten sie sich voran, die Schlachtschafe meckerten unter ihrer schweren Last, und die Soldaten meckerten unter ihren schmelzenden Eisbeuteln. Als sie sich dem Schwarzen Tor von Fordor näherten, waren auf allen Seiten die Verheerungen des Krieges zu sehen: umgestürzte Karren, geplünderte und niedergebrannte Dörfer und Städte, die feschen Mädchen auf den Reklameplakaten durch widerliche schwarze Schnurrbärte entstellt.

Arabikums Gesicht verfinsterte sich, als er diese Verwüstungen eines einst schönen Landes sah.

»Seht diese Verwüstungen eines einst schönen Landes«, rief er und wäre fast von seinem Schaf gefallen. »Da wird viel zu säubern sein, wenn wir zurückkommen.«

»Wenn wir je die Chance haben, zurückzukommen«, sagte Gimbohr, »werde ich persönlich die ganze Gegend mit einer Zahnbürste säubern.«

Der König brachte sich in eine mehr oder weniger aufrechte Haltung.

»Fürchte dich nicht, denn unser Heer ist stark und mutig.«

»Hoffen wir nur, daß sie nicht nüchtern werden, ehe wir hinkommen«, brummte Gimbohr.

Die Worte des Zwergen bewahrheiteten sich, denn das Heer begann bei seinem Marsch zu zaudern, und die Roi-Tanner-Schar, die Stapfer beauftragt hatte, Versprengte zusammenzutreiben, hatte sich seit Stunden nicht mehr sehen lassen.

Schließlich beschloß Arabikum, der Drückebergerei dadurch ein Ende zu bereiten, daß er seine zögernden Krieger beschämte. Nachdem er dem übriggebliebenen Herold befohlen hatte, das

Horn zu blasen, sagte er: »Völker des Westens! Die Schlacht vor dem Schwarzen Tor von Sauerkopf wird eine von wenigen gegen viele sein; aber die wenigen sind reinen Herzens, und die vielen sind verderbt. Dennoch, diejenigen von euch, die sich ducken und vor dem Kampf wegrennen wollen, mögen es tun, damit wir schneller vorankommen. Diejenigen, die noch mit dem König von Zwiedor reiten, werden auf immer in Liedern und Sagen weiterleben! Die übrigen mögen gehen.«

Es heißt, daß die Staubwolke sich noch viele Tage danach nicht senkte.

»Das war wirklich knapp«, sagte Spam und zitterte noch, als er daran dachte, wie sie vor ein paar Tagen Kankra nur um Haaresbreite entkommen waren. Frito nickte schwach, konnte sich aber immer noch nicht zusammenreimen, was eigentlich geschehen war.

Vor ihnen erstreckten sich die großen Salzebenen vor Fordor bis zum Fuß eines riesigen Maulwurfshügels, der Bardahl trug, das Hochhaus, in dem sich Sauerkopfs Hauptquartier befand. Die weite Ebene war übersät mit Kasernen, Exerzierplätzen und Kraftfahrzeugdepots. Tausende von Narks wimmelten hin und her, gruben Löcher und füllten sie wieder auf und polierten den staubigen Boden mit ungeheuren Poliermaschinen. Weit in der Ferne spuckten die Zazu-Abgründe, das Schwarze Loch, die rußigen Überbleibsel von Hunderten von Jahrgängen der *Nationalen Geographischen Zeitschrift* in die Luft über Fordor. Direkt vor ihnen, am Fuß der Klippe, blubberte geräuschvoll ein dicker, schwarzer Teertümpel und stieß von Zeit zu Zeit einen heftigen Rülpser aus.

Frito stand lange Zeit da und spähte zwischen seinen Fingern hindurch auf den fernen, rauchenden Vulkan.

»Das ist so manches harte Kilo bis zum Schwarzen Loch«, sagte er und spielte mit dem Ring.

»Ungelogen, Bwana«, erwiderte Spam.

»Diese nähere Teergrube hat einen gewissen lochähnlichen

Anflug«, sagte Frito.

»Rund«, stimmte Spam zu. »Offen. Tief.«

»Dunkel«, fügte Frito hinzu.

»Schwarz«, sagte Spam.

Frito nahm die Kette mit dem Ring, die er um den Hals gehabt hatte, und wirbelte sie geistesabwesend herum.

»Vorsichtig, Herr Frito«, sagte Spam und versetzte ihm eine Reihe Klapse auf den Arm.

»In der Tat«, sagte Frito, warf den Ring in die Luft und fing ihn geschickt hinter seinem Rücken wieder auf.

»Sehr riskant«, fand Spam, nahm einen großen Stein und warf ihn in die Mitte der Teergrube, wo er mit einem feuchten *Platsch* versank.

»Schade, daß wir kein Gewicht haben, um ihn fest am Boden zu verankern«, sagte Frito und schwang die Kette über seinem Kopf. »Zufälle können geschehen.«

»Für alle Fälle«, sagte Spam und durchstöberte vergeblich seinen Rucksack nach einem schweren Gegenstand. »Ein totes Gewicht, ein Senkblei«, brummte er.

»Hallo«, sagte ein grauer Klumpen hinter ihnen. »Lange nicht gesehen.«

»Lumgol, alter Freund«, säuselte Spam und warf Lumgol eine Münze vor die Füße.

»Die Welt ist klein«, sagte Frito, ließ den Ring in der Hand verschwinden und schlug dem überraschten Geschöpf auf den Rücken.

»Schau mal!« rief Frito und deutete auf den leeren Himmel. »Die geflügelte Nike von Samothrake.« Und als Lumgol sich umdrehte und hinschaute, warf ihm Frito die Kette um den Hals.

»Hallo«, rief Spam, »ein Fünfcentstück mit 'nem Indianerkopf von 1927!« und ließ sich vor Lumgol auf Händen und Knien nieder.

»Wupps!« sagte Frito.

»O weh!« fügte Lumgol hinzu.

»Flupp!« machte die Teergrube.

Frito stieß einen tiefen Seufzer aus, und beide Boggies entboten dem Ring und seinem Ballast ein letztes Lebewohl. Als sie von der Grube wegrannten, drang ein lautes, blubberndes Geräusch aus der schwarzen Tiefe, und die Erde begann zu beben. Felsen zerbarsten, und der Boden tat sich unter ihren Füßen auf, was die Boggies sehr besorgt machte. In der Ferne begannen die schwarzen Türme zu erzittern, und Frito sah Sauerkopfs Büros in Bardahl rissig werden und zu einem rauchenden Haufen von Gips und Stahl zusammenfallen.

»Heute bauen sie die Häuser bestimmt nicht mehr wie früher«, bemerkte Spam, als er einem herabstürzenden Wasserkühltank auswich.

Große Spalten taten sich rings um die Boggies auf, und sie waren von jeder Fluchtmöglichkeit abgeschnitten. Das ganze Land schien sich zu winden und tief in seinem Inneren zu stöhnen, das nach Äonen der Lethargie endlich in Bewegung kam. Die Erde neigte sich in einem verrückten Winkel, und die Boggies rutschten in eine tiefe Spalte, die mit gebrauchten Rasierklingen und zerbrochenen Weinflaschen gefüllt war.

»Ciao!« winkte Spam Frito zu.

»In einer solchen Zeit?« schluchzte Frito.

Dann sahen sie direkt über ihren Köpfen etwas Farbiges aufblitzen. Dort am Himmel sahen sie einen riesigen Adler, vollbefiedert und entsetzlich rosa angemalt. Auf seinen Seiten standen in metallischem Gold die Worte *Deus ex Machina Airlines.*

Frito schrie auf, als der große Vogel herabstieß und sie mit seinen gummibeschuhten Krallen dem Tode entriß.

»Gwahno ist mein Name«, sagte der Adler, als sie steil aufstiegen von dem sich auflösenden Land. »Sucht euch einen Platz.«

»Aber wie . . .?« begann Frito.

»Nicht jetzt, Mann«, schnauzte der Vogel. »Muß einen Flugplan ausknobeln aus dieser miesen Gegend.«

Die kraftvollen Schwingen trugen sie auf eine schwindelnde Höhe, und Frito schaute voll Schrecken hinunter auf das von

Krämpfen geschüttelte Land. Fordors schwarze Flüsse ringelten sich wie Regenwürmer, riesige Gletscher liefen Schlittschuh auf kahlen Ebenen, und die Berge spielten Bockspringen.

Gerade als Gwahno begann, sich in die Kurve zu legen, glaubte Frito eine große, dunkle Gestalt in der Farbe und Form eines Brotpuddings gesehen zu haben, die sich mit einem Überseekoffer voll einzelner Socken über die Berge davonmachte.

Die glorreiche Armee, die vor dem Schwarzen Tor aufmarschierte, zählte etwas weniger als die ursprünglichen Tausend. Sie belief sich, um genau zu sein, auf sieben und hätte vielleicht noch wenigere gezählt, hätten nicht sieben Merinos die Freiheit gewählt und sich vor ihren Reitern davongemacht. Vorsichtig blickte Arabikum hinauf zum Schwarzen Tor von Fordor. Es war um ein Vielfaches mannshoch und leuchtend rot angestrichen. Beide Flügel trugen die Inschrift RAUS.

»Von dort werden sie kommen«, erklärte Arabikum. »Laßt uns unser Banner entrollen.«

Pflichtschuldig steckte Gutgolf sein Queue zusammen und befestigte das weiße Tuch daran.

»Aber das ist doch nicht unser Banner«, sagte Arabikum.

»Wetten?« sagte Gimbohr.

»Lieber Sauerkopf als gar keinen Kopf«, sagte Gutgolf und verbog sein Schwert zu einer Pflugschar.

Plötzlich riß Arabikum die Augen auf.

»Sehet!« rief er.

Schwarze Fahnen wurden auf den schwarzen Türmen aufgezogen, und das Tor öffnete sich wie ein wütendes Maul, das sein übles Erbrochenes ausspeit. Heraus strömte ein Heer, wie man dergleichen noch nie gesehen hatte. Aus dem Tor heraus stürmten hunderttausend tollwütige Narks, die Fahrradketten und eiserne Radreifen schwenkten, und ihnen folgten sabbernde Divisionen glotzäugiger Wechselbälger, geisteskranke lebende Leichen und von Staupe befallene Werwölfe. Ihnen zur Seite marschierten acht mal zwanzig schwer bewaffnete Greife, dreitausend Mumien im Stechschritt und eine Kolonne scheußlicher Schneemänner auf motorisierten Bobschlitten; dann kamen sechs Kompanien geifernde Ghuls, verschrumpelte Vampire mit weißen Krawatten und das Phantom der Oper. Der Himmel über ihnen war geschwärzt durch die dunklen Gestalten tückischer Pelikane, Stubenfliegen von der Größe von Doppelgaragen und Rodan, das Fliegende Ungeheuer. Durch die Tore strömten immer mehr Feinde aller möglichen Arten und Gattungen, darunter ein sechsbeiniger Diplodocus, das Loch-Ness-Ungeheuer, King Kong, Godzilla, das Geschöpf aus der Schwarzen Lagune, das Biest mit 1 000 000 Augen, das Gehirn des Planeten Arous, drei verschiedene Unterstämme von Rieseninsekten, das Ding, Es, Sie (weiblich), Sie (Plural) und DER FEHLER. Das große Getöse bei ihrem Angriff hätte Tote aufwecken können, hätten sie nicht schon die Nachhut gebildet.

»Sehet!« warnte Stapfer, »der Feind naht.«

Gutgolf packte sein Queue mit eiserner Hand, während sich die anderen zu einem letzten, zitternden Tableau vor dem feindlichen Ansturm um ihn scharten.

»Nun ja«, sagte Eoweh, »wir machen tschüs«, und sie zermalmte Arabikum in einer süßen, letzten Umarmung.

»Lebe wohl«, piepste Arabikum. »Wir werden als Helden sterben.«

»Vielleicht«, schluchzte Mopsi, »werden wir uns in besseren Landen als diesen wiedersehen.«

»Das dürfte nicht schwierig sein«, stimmte Pepsi zu und setzte sein Testament auf.

»Bis dann, Gartenzwerg«, sagte Legolam zu Gimbohr.

»Bis später, du Ekel«, erwiderte der Zwerg.

»Sehet!« rief Arabikum und erhob sich von den Knien.

»Wenn er das noch einmal sagt«, erklärte Gimbohr, »werde ich ihn persönlich abmurksen.«

Aber die Blicke aller folgten dem zitternden kleinen Finger des Waldläufer-Königs. Am Himmel bildete sich heller, braunroter Smog, und mit einem starken Wind drang ein *blökendes*

Geräusch zu ihnen, ähnlich dem von gewissen Ringen, wenn sie den Geist aufgeben. Die schwarzen Truppen zögerten bei ihrem Marsch, blieben stehen und begannen nervös zu werden. Plötzlich waren Angstschreie von oben vernehmbar, und schwarze Pelikane fielen vom Himmel, deren Schwarze Reiter sich verzweifelt mit Reißleinen abmühten. Die Narkhorden stießen schrille Schreie aus, warfen ihre eisernen Radreifen weg und liefen schleunigst zum offenen Tor. Doch als die Narks und ihre schäbigen Verbündeten kehrtmachten, um sich in Sicherheit zu bringen, wurden sie wie durch Zauberei in Knoblauchsäulen verwandelt. Die furchterregende Armee war verschwunden, und nichts war übriggeblieben als ein paar weiße Mäuse und ein matschiger Kürbis.

»Sauerkopfs Heer gibt es nicht mehr«, rief Arabikum, dem die Bedeutung klar wurde.

Dann raste ein dunkler Schatten über die Ebene. Als sie aufschauten, sahen sie einen großen rosa Adler über dem Schlachtfeld kreisen, den Luftwiderstand ausgleichen und mit einer anerkennenswerten Dreipunktlandung vor ihnen halten; er trug zwei abgezehrte, aber vertraute Passagiere.

»Frito! Spam!« riefen die sieben.

»Gutgolf! Arabikum! Mopsi! Pepsi! Legolam! Gimbohr! Eoweh!« schrien die Boggies.

»Hört auf damit«, brummte Gwahno, der Herr der Winde. »Ich habe schon Verspätung.«

Erfreut kletterten die übrigen Gefährten und Eoweh auf den breiten Rücken des Adlers, begierig, Minas Troney wiederzusehen. Der große Vogel brachte sich durch Hin- und Herlaufen in die richtige Flugposition, schüttelte etwas Eis aus seinen Schwanzfedern und sprang anmutslos in die Luft.

»Bitte anschnallen«, warnte Gwahno mit einem Blick über die Flügel auf Arabikum, »und benutzt diese Tüten. Dafür sind sie nämlich da, Mann.«

Die wiedervereinten Wanderer flogen in großer Höhe und erwischten eine günstige Strahlströmung gen Westen, die sie in wenigen kurzen Worten über die schöne Stadt Minas Troney brachte.

»Hübscher Rückenwind heute«, brummte Gwahno.

Der überladene Adler dippte die Flügel und machte eine Bruchlandung direkt vor den Toren der siebenringigen Stadt.

Müde, doch glücklich stiegen die Gefährten vom Vogel ab und nahmen den schmeichelnden Beifall der riesigen Menschenmengen entgegen, die sie tränenden Auges mit Zigarrenbanderolen und Reisknusperle bewarfen. Arabikum schenkte indes den Lobpreisungen keine Aufmerksamkeit; er benutzte seine Tüte noch. Dennoch näherte sich dem anderweit in Anspruch genommenen Waldläufer eine Gruppe anmutiger Elbenmaiden mit einem großartigen Kopfputz, ganz aus Aluminium und mit vielen blitzenden Glaskugeln besetzt.

»Das ist die Krone«, rief Frito, »die Krone von Lafresser!«

Dann setzten die elbischen Wonneproppen Stapfer die königliche Kopfbedeckung aufs Haupt und kleideten ihn in den schimmernden Flitter von Zwiedors rechtmäßigem König. Arabikum machte den Mund auf, die Krone rutschte ihm nach unten um den Hals und behinderte seine Einwilligungserklärung. Die fröhliche Menge sah das als ein gutes Vorzeichen an und ging nach Hause. Arabikum drehte sich zu Frito um und strahlte stumm. Frito verbeugte sich bei diesem schweigenden Dank, aber seine Stirn war gerunzelt wegen einer anderen Angelegenheit.

»Du hast den Großen Ring vernichtet, und die Dankbarkeit von ganz Niedermittelerde gebührt dir«, sprach Gutgolf und klopfte mit beifälliger Hand auf Fritos Rucksack. »Ich gewähre dir jetzt einen Wunsch als Entgelt für dein Heldentum. Du brauchst ihn nur zu äußern.«

Frito stellte sich auf die Zehenspitzen und flüsterte dem freundlichen alten Zauberer etwas ins Ohr.

»Die Straße hinunter, dann links«, nickte Gutgolf, »du kannst es nicht verfehlen.«

So wurde der Große Ring vernichtet und Sauerkopfs Macht für immer gebrochen. Arabikum von Arabeske und Eoweh wurden bald vermählt, und der alte Zauberer weissagte, daß acht Monokel und Helm tragende Sprößlinge bald die Möbel im Palast zertrümmern würden. Darüber erfreut, ernannte der König Gutgolf zum Zauberer ohne Portefeuille der jüngst eroberten Fordor-Lande und gestand ihm eine üppige Aufwandsentschädigung zu, die nur hinfällig würde, wenn er sich je in Zwiedor wieder sehen ließe. Gimbohr dem Zwergen gewährte er das Alleinverkaufsrecht für Schrott aus Sauerkopfs überzähligem Kriegsgerät; Legolam gewährte er das Recht, Minni Modul in »Ringland« umzutaufen und das Souvenirgeschäft bei den Zazu-Abgründen zu betreiben. Schließlich gab er den vier Boggies den Königlichen Handschlag sowie Freiflugscheine auf Gwahnos Rücken zurück ins Kobenland. Von Sauerkopf war nicht mehr viel zu hören, obwohl Arabikum ihm für den Fall seiner Rückkehr völlige Amnestie und einen leitenden Posten in Zwiedors Rüstungwerken versprach. Auch vom Ballhock und von Kankra war wenig zu hören, aber ortsansässige Klatschmäuler wollten wissen, daß es nur noch Jahrhunderte dauern würde, bis die Hochzeitsglocken läuten.

ZEHNTES KAPITEL

WÄRE ES NOCH SO SCHRECKLICH

Nicht lange nach Stapfers Krönung trabte Frito, immer noch in seinem zerlumpten Elbenmantel, müde über die vertraute Viehtrift nach Beutelsend. Der Flug war schnell gewesen, und abgesehen von ein paar Luftlöchern und einem Zusammenstoß in der Luft mit einer Schar auswandernder Flamingos ganz ereignislos.

Boggingen war in einem traurigen Zustand. Haufen von nicht abgeholtem Müll lagen auf den morastigen Straßen herum, und aufgeblasene Boggiegören hatten es irgendwie fertiggebracht, ihre schmierigen Spuren auf Baumstämmen zu hinterlassen; niemand hatte sich die Mühe gemacht, den herumliegenden Abfall von Dildos Feier zu beseitigen. Frito war seltsamerweise erfreut, daß sich in seiner Abwesenheit so wenig geändert hatte.

»Weg gewesen?« krächzte eine vertraute Stimme.

»Ja«, sagte Frito und spuckte den alten Großmaul mit traditioneller Boggie-Förmlichkeit an. »Ich komme aus dem Großen Krieg heim. Ich habe den Ring der Macht vernichtet und Sauerkopf besiegt, den bösen Beherrscher des fernen Fordor.«

»Was du nicht sagst«, kicherte Großmaul, während er seine Nasenhöhle gründlich erforschte. »Hab mich schon gewundert, wo du die komischen Klamotten her hast.«

Frito ging weiter zu seiner Höhle und watete durch einen Berg von Papier und Milchflaschen zu seiner Tür. Drinnen inspizierte er vergeblich seinen Kühlschrank und ging dann wieder ins Wohnzimmer, um ein Feuerchen anzuzünden. Dann warf er den Elbenmantel in eine Ecke und ließ sich mit einem Seufzer auf seinen Sessel fallen. Er hatte viel gesehen, und jetzt war er zu Hause.

Just da wurde leise an der Tür geklopft.

»Verflixt«, murmelte Frito, aus seinen Träumereien aufgeschreckt. »Wer ist da?«

Keine Antwort, nur ein weiteres, hartnäckigeres Klopfen.

»Okay, okay, ich komme.« Frito ging zur Tür und machte sie auf.

Dort auf dem Vorplatz waren dreiundzwanzig Leier spielende Nymphen in hauchdünnen Hosenanzügen, sie saßen in einem goldenen Kanu, das auf dem kühlen Schaum von hundert Feuerlöschern schwamm und bemannt war mit einem Dutzend beschwipster Heinzelmännchen, einheitlich gekleidet in schimmernde Matrosenblusen und Toreadorhosen mit Fransen. Frito sah sich einem zwölf Fuß großen Gespenst gegenüber, das, in roten Satin gehüllt und mit juwelenbesetzten Reitstiefeln beschuht, auf einem fetten, blaßblauen Einhorn saß. Ringsum flatterten geflügelte Frösche, Miniatur-Walküren und ein fliegender Merkurstab. Die große Gestalt streckte Frito eine sechsfingerige Hand entgegen, die ein seltsam beschriftetes und von geheimnisvollen Zeichen nur so wimmelndes Erkennungsarmband hielt.

»Wie ich höre«, sagte der Fremdling feierlich, »unternehmt Ihr Fahrten.«

Frito schlug dem überraschten Gespenst die Tür vor der Nase zu, versperrte, verriegelte und verschloß sie und verschluckte vorsichtshalber noch den Schlüssel. Dann ging er direkt zu seinem gemütlichen Feuer zurück und ließ sich auf den Sessel fallen. Er begann über die Jahre köstlicher Langeweile nachzudenken, die vor ihm lagen. Vielleicht würde er das Scrabblespielen anfangen.

GOLDMANN
FANTASY
Die größte Fantasy-Reihe in deutscher Sprache
FANTASY-ROMAN
DESMOND MORRIS
JASON IM WUNDERLAND
Goldmann